ぬめり蜜
尼姫お褥帖

睦月影郎

廣済堂文庫

目次

第一章　初の女体は美しき尼僧

一

「では、ここへ置いておきますね。あ……」

伊助は、厨に出てきた女を見て絶句した。

なぜなら彼女は、伊助がかつて月光寺の寺子屋で手習いをしていたとき会っていた、尼僧の小夜に瓜二つだったからだ。

ここは浜町にある皆川藩の中屋敷。

中屋敷とは、上屋敷の藩邸ほど大きくはなく、災害などで藩邸が使えなくなったとき一時的に避難する別邸である。

十八歳になる伊助は、近所の八百屋に奉公しており、この界隈の武家屋敷には初めて配達に来たのだった。

元は深川外れにある農家の四男坊で末っ子、家が手狭で、早くどこかへ奉公するため手習いに通っていた。

不思議に伊助は頭が良く、読み書き算盤もすぐに覚え、しかも教わったことや見聞きしたことを正確に記憶するという特技もあった。小柄で非力だから、百姓仕事より商家の方が合っていたのだろう。

それで出入りしていた八百屋に間借りして働いていたが、一向に彼の能力が発揮されることもなく、ひたすら掃除洗濯と、このように配達ばかりで、人使いの荒い主人に良いようにこき使われていたのである。

「さ、小夜様……？」

伊助は、思わず知っている尼僧の名を言った。

しかし相手は、絢爛たる着物に髪を結い、豪華そうな簪も挿していた。

すると彼女はにっこりと笑い、白く光沢ある歯並びを見せた。

「小夜は妹です。私は照」

彼女が、小夜そっくりの声で静かに言った。

「さ、左様でございましたか。それは失礼致しました」

照が言い、伊助は恐縮して頭を下げた。

記憶力には自信のある自分が間違えたのだから本当にそっくりだったのだが、

まさか若い尼僧の姉が武家屋敷に奉公しているとは思わなかった。

年格好からして、双子なのかも知れない。

「小夜を知っているのですね？　おや、そういえば小夜の胸に長く秘められた面影が……」

照が言い、後半は意味ありげに呟いた。

「は……？　私は月光寺の手習いに通っておりましたので。もっとも一年余りお目にかかっておりませんが」

「そう、じゃこれを小夜に届けて下さいな。用を頼んで済みませんが」

照は言い、厨の隅に置かれていた菓子折を風呂敷に包んだ。

「船橋屋の羊羹（ようかん）を沢山頂いたので、小夜と子供たちに分けてあげるように」

「承知致しました」

伊助が受け取ると、照からはほんのりと甘い香りが漂った。

学問や記憶力だけでなく、五感も研ぎ澄まされている伊助は、たちまち股間を熱くさせてしまった。

それは確かに、小夜に感じた体臭と同じものだった。

手習いに通っていた一年余り前までは、今のように手すさびなど知らなかったが、とにかく彼は小夜が好きで、彼女の匂いを感じるたび一物(いちもつ)が硬くなるのが不思議でならなかったものだ。

もっとも今は、日に二度三度と手すさびして熱い精汁を放たなければ落ち着かないほどになっていた。小柄で色白なのに、淫気と精力だけは人一倍あるようだったのだ。

今そのときの感覚を甦(よみがえ)らせ、伊助は懸命に勃起を抑えた。

と、そのとき奥から、矢絣(やがすり)に襷掛(たすきが)けをした腰元らしい女が出てきた。伊助と同じ年格好で、目が大きく笑窪(えくぼ)が愛くるしい娘だ。

「あ、姫様。申し訳ありません。湯殿(ゆどの)の掃除で気づきませんでした」

腰元が襷を解いて、照の前に平伏した。

「ひ、姫様……?」

伊助も驚いて目を見開き、慌てて土間に膝を突いた。

「ああ、良いのですよ、真紀(まき)。みな出払っているのですから、聞こえた者が出てきたまで」

「と、とにかくここは私が」

真紀は言い、照姫も追い立てられるように苦笑しながら奥へと戻っていった。

伊助が起き上がって膝をはたくと、すぐに真紀も戻ってきて、彼は運んできた野菜を説明した。

「分かりました。ではまたお願いします。その包みは」

「言付かった届け物で月光寺へ。それにしても姫様とは存じませず、肝を潰しました……」

伊助が言うと、真紀も慌てて動き回ったらしく呼吸が弾み、甘ったるい汗の匂いに混じり、ほんのり甘酸っぱい息の香りも鼻腔をくすぐってきた。

「月光寺へ。左様ですか、ではしっかり届けて下さい」

真紀に言われ、伊助は深々と辞儀をして勝手口から出た。

確か、皆川藩といえば北関東にある五万石の譜代大名である。その姫君と、月光寺の小夜が双子だったとは……。

伊助は、今まで見聞きした内容や、人が話していた情報を思い出しながら月光寺へと急いだ。

橋を渡って深川に入り、賑(にぎ)やかな界隈を通り抜けると、やがて閑散とした場所に出た。人家もまばらになり、周囲は野原と畑ばかりだ。

この外れに伊助の実家もあり、やがて懐かしい月光寺の本堂が見えてきた。

浜町から、かなりの急ぎ足で四半刻（約三十分）足らずか。

気が逸ってさらに足早になり、門前へと向かうと、何と庫裡から尼僧が出てきて、こちらに会釈したではないか。

間違いない。それは小夜であった。

伊助も足早に中に入ると、一年以上ぶりに会う十七歳の小夜が笑みを浮かべて迎えてくれた。

「小夜様。ご無沙汰しております。しかし、なぜお外へ」

伊助は、相変わらず可憐で美しい小夜を見つめながら、ほんのり頬を熱くさせて言った。

「お待ちしておりました。いえ、船橋屋の羊羹ではなく、伊助さんを」

「え……？　どうして」

伊助は驚いて言ったが、小夜が自分のことを覚えていてくれただけで舞い上がるように嬉しかった。

「双子同士は、心の中が通じ合っているのですよ。便利でしょう」

「そ、そうなのですか……」

「とにかく中へ。庵主様は法要で出ております」

小夜が言い、彼を庫裡に招いてくれた。今は手習いの刻限ではないので、彼女一人のようだ。

「懐かしいです……」

伊助は本堂や庫裡の佇まいを眺めて言い、やがて中に入った。

小夜は伊助から包みを受け取ると、彼を自分の部屋へと招き、差し向かいに座した。

白い頭巾に清楚な僧衣。相変わらず美しいが、さっき別れたばかりの照姫の面影が重なり、何やら奇妙な気分であった。

「そう、八百屋さんで住み込みを。頑張っているようですね」

「は、はい……」

どうやら小夜は、照姫の見聞きした意識から、今の伊助の情報を読み取っているようだった。

「とにかく、小夜様もお変わりなく、お元気そうで何よりです。それに、多くの子供たちがいたのに、私を覚えていて下さって嬉しいです」

伊助は、あらためて深々と頭を下げて言った。

「いいえ、歳も近いし、私たちは他の子より大きかったですから。それに伊助さんは頭が良く、私はいつも教わってばかりでした」

「いえ、そんなことは……」

「思えば、私が初めて好きになった男の子でした。しかし尼の身で、しかも無垢(むく)で、どうして良いか分からぬまま、伊助さんは手習いを辞めて奉公に行ってしまいました」

「そ、そんな……」

言われて、伊助の胸に甘酸っぱい思いが広がった。

そういえば照姫も、小夜の胸に彼の面影が秘められていたと、意味不明のことを言っていたが、このことならば、小夜の言葉は本当なのだろう。

「わ、私も、生まれて初めて思いを寄せたのが、小夜様でした。私も、まだ子供でどうして良いか分からぬまま……」

「本当？　それで今は好きな女や許婚などは？」

小夜が目を輝かせ、にじり寄って言った。

「も、もちろんおりません。まだ奉公したての小僧の身ですので……」

伊助は、小夜の思いに胸を詰まらせて答えた。

「そう……、私はこの一年に色々ありました。尼僧の身で、すでに無垢ではありません」

「え……？」

伊助は、小夜がすでに男を知っていることに驚きつつ、ならば逆に教えてもらえないものかと、妖しい期待が湧き上がってしまったのだった。

二

「お話では、小夜様は皆川藩のお殿様の娘ということですが……」

「ええ、しかし今は尼ですので、それは私の関わるところではありません」

伊助が聞くと、小夜が物静かに答えた。

しかし、ほんのりと彼女の頬は紅潮し、胸の内には熱い思いを秘めているようだった。

「ならば、後生ですので、私に情交というものを教えて頂けないでしょうか。あまりに淫気が強く、しかし嫁をもらうなどまだまだ先のことで、悶々として変になりそうな毎日を送っております」

「私の方こそ、また伊助さんに会えて胸が騒いでおります。お店(たな)の方は大丈夫なのですか？」

小夜が、彼に負けないほど熱っぽい眼差しを返して言った。

「ええ、今日の配達は終わったし、お大名のお使いで伺っているのですから、少しばかりなら」

「そう、庵主様も夕刻まで戻りませんので」

小夜が言って立ち上がると、手早く床を敷き延べてしまった。

（うわ……、本当に……？）

伊助は、目眩を起こしそうな興奮に見舞われながら思った。どうやら本当に、憧れ続けていた情交が体験できそうなのだ。しかも初めて心を寄せた、一歳下の可憐な尼僧を相手に。

大名の娘で、しかも神聖な尼僧と情交することは畏れ多いが、すでに無垢ではないという。それがどういう経緯で男としたのか知る由もないが、とにかく今の彼は夢の中にいるように舞い上がっていた。

「さあ、では脱いで横に」

小夜に言われ、伊助は指を震わせながら帯を解き、着物を脱いでいった。

幸い今朝は湯屋に寄っているし、少々動き回ったが、この師走の風の中、それほど汗ばんではいない。

下帯一枚になってモジモジしていると、

「どうか、恥ずかしがらないで」

小夜が言ってにじり寄り、伊助の下帯をためらいなく取り去り、彼を布団に横たえてくれた。何やら、彼女は一歳年下だが、姉の言いつけに従っているような気になった。

「ああ……」

全裸で仰向けになると、後戻りできない緊張と期待に彼は声を震わせた。

「まあ、こんなに……」

自分も僧衣を脱ごうとしていた小夜が、ピンピンに屹立している一物に目を遣って息を呑んだ。

庵主、春恵尼に教わり、一緒に手習いをしていた頃はまだ互いに幼さを残していたが、一年余りぶりに再会すると、小夜は生娘ではなく、伊助は無垢ながら淫気の強い男になっていたのだ。

「アア……、何だか、今にも……」

「果てそうですか。ならば一度お出しなさい」

伊助が、彼女の視線だけでヒクヒクと幹を震わせながら喘ぐと、小夜も優しく答え、彼を大股開きにさせて真ん中に腹這い、何と股間に近々と白い顔を寄せてきたのである。

「く……」

熱い視線のみならず、彼女の息まで股間に感じ、伊助は懸命に暴発を堪えて奥歯を噛み締めた。

すると小夜はチロリと舌を伸ばし、興奮と羞恥に縮こまったふぐりをヌラヌラと舐め回し、二つの睾丸を転がしてきたのだ。

「あう……、い、いけません……」

伊助は驚いて呻き、彼女の息を感じた肉棒をヒクヒクと上下させた。

小夜は構わず袋全体を生温かな唾液に濡らすと、舌先で肉棒の裏側を滑らかに舐め上げてきたのである。

すでに知っている男にも、こうしたことをごく自然に行っていたのだろうか。

舌先が先端に達すると、小夜は粘液の滲む鈴口を舐め回し、さらに張りつめた亀頭にもしゃぶり付いてきた。

「アアッ……、お、お口を汚してしまいますので、どうか……」

伊助は拒むことも出来ず、仰向けのまま強ばった全身をクネクネさせて声を上ずらせるばかりだった。

「構いません。我慢せずにお出しなさい」

小夜がいったん口を離すと彼の股間から囁き、再び丸く開いた口でスッポリと根元まで呑み込んでいった。

「あうう……、小夜様……」

畏れ多い快感に呻き、そっと股間を見ると、美しくも可憐な尼僧が肉棒を深々と頬張り、熱い鼻息で恥毛をそよがせ、上気した頬をすぼめて吸い付いているではないか。

濡れた唇が幹を丸く締め付け、内部ではクチュクチュと舌が滑らかに蠢(うごめ)き、たちまち彼自身は生温かく清らかな唾液にまみれて震えた。

極楽に昇ったような気分とは、このようなことを言うのだろう。

もう伊助は何も考えられず、ただ小夜の舌に翻弄(ほんろう)され、幹を震わせながら激しく高まっていった。

すると小夜も察したように、顔を上下させスポスポと摩擦してきた。

あまりの快感に、彼も無意識に股間を突き上げ、とうとう溶けてしまいそうな絶頂の快感に呑み込まれてしまった。

「い、いく……、あぁっ……！」

突き上がる大きな快感に貫かれて口走り、同時にありったけの熱い精汁がドクンドクンと勢いよくほとばしり、小夜の喉の奥を直撃した。

「ク……、ンン……」

彼女も噴出を受け止めて小さく声を洩らしたが、吸引と摩擦、舌の蠢きは止めなかった。

これほどの快感があるだろうか。

伊助は激しく射精しながら身悶え、手すさびの何百倍もの心地よさに全身を震わせた。

やがて、清らかな尼僧の口を汚すという禁断の快感に悶えながら、伊助は心置きなく最後の一滴まで出し尽くしてしまった。

「ああ……」

魂が抜けたように小さく声を洩らし、彼はグッタリと満足げに身を投げ出したが、まだ心の臓は畏れ多さに激しく高鳴っていた。

すると小夜も摩擦と吸引を止め、亀頭を含んだまま口に溜まった大量の精汁をゴクリと一息に飲み干してくれたのである。

「く……！」

喉が鳴る音とともに口腔がキュッと締まり、彼は駄目押しの快感に呻いた。

そして、自分の出したものを飲まれたという事実に、また震えるような畏れ多さと感激を覚えた。

精進料理しか食さない尼僧が、生きている人の種を飲んでくれたのだ。

小夜は呑み込むと、ようやくチュパッと軽やかな音を立てて口を引き離し、なおも余りをしごくように幹を握り、鈴口に脹らむ白濁の雫まで丁寧に舐め取ってくれたのだった。

「あうう……、ど、どうか、もう……」

伊助は過敏に反応し、クネクネと腰をよじって降参した。

すると彼女も舌を引っ込めて顔を上げ、チロリと舌なめずりしながら立ち上がって僧衣を脱ぎはじめてくれた。

これで終わりではなく、これから始まるのだ。もちろん日に三度ぐらいは普通に抜いている彼は、立て続けだろうと大丈夫である。

まして日頃の妄想ではなく、生身の美女が目の前にいるのだ。

伊助は、まだ鼓動を激しくさせて荒い呼吸を繰り返しながら、ぼんやりと小夜を見上げていた。

彼女は衣擦れの音をさせて僧衣を脱ぎ去り、ためらいなく頭巾も腰巻も足袋も脱ぎ去って一糸まとわぬ姿になっていった。

何と彼女は髪が伸び、肩までかかるほどになっているではないか。あるいは庵主と相談の上、そろそろ尼僧を辞める気になっているのかも知れない。

とにかく伊助は、生まれて初めて見る女の裸に目を奪われ、すぐにもムクムクと回復していった。

滑らかな肌は透けるように白く、二つの乳房が形良く息づき、乳首と乳輪は清らかで初々しい薄桃色をしていた。腰の線も意外に豊満で、股間の翳りは楚々とし、衣の内に籠もっていた熱気が甘ったるい匂いを含んで生ぬるく室内に立ち籠めてきた。

そして彼女が優雅な仕草で添い寝してきたので、伊助も甘えるように、夢中で腕枕してもらい白い乳房に顔を迫らせた。

「さあ、今度は伊助さんが私を好きなように……」

小夜が、ほんのり甘酸っぱい息で囁き、伊助はさっきの射精など無かったかのように激しく勃起しながら、目の前の乳首に吸い付いた。

そしてコリコリと硬くなった乳首を舌で転がし、柔らかな膨らみに顔中を押し付けて感触を味わっていった。

三

「アア……、いい気持ち……」

小夜もうっとりと喘ぎ、仰向けになって受け身体勢を取ってくれた。

伊助ものしかかり、もう片方の乳首も含んで舐め回し、左右とも存分に味わってから、さらに彼女の腋の下にも顔を埋め込んでいった。

ほんのり汗に湿った和毛(にこげ)に鼻を擦りつけると、以前からふと感じることのあった甘ったるい体臭が悩ましく胸に沁み込んできた。

彼は大好きだった小夜の匂いで鼻腔を刺激され、さらにスベスベの肌を舌で這い降りていった。

小夜も身を投げ出し、拒むことなくされるままになっていた。

伊助は形良い臍(へそ)を舐め、張り詰めた下腹から腰、ムッチリとした太腿を舐め降りた。

本当は早く肝心な部分を見たり舐めたりしたいが、せっかく飲んでもらったばかりなので、性急に済ませることもない。

まだ日も高く、しばらくは庵主様も帰ってこないだろう。

彼は憧れだった小夜の肉体を隅々まで味わおうと、脚を舐め降りていった。

丸い膝小僧から滑らかな脛を舐め、足裏に回り、菩薩に踏まれる邪鬼の思いで舌を這わせた。

足袋の中で蒸れていた指の股に鼻を割り込ませて嗅ぐと、そこは汗と脂にジットリと湿り、ムレムレの匂いを籠もらせていた。

伊助は清らかな尼僧の足の匂いを貪り、爪先にしゃぶり付いて、全ての指の間に舌を挿し入れて味わった。

「あう……」

小夜がビクッと脚を震わせて呻いたが、やはり拒みはしなかった。

彼はもう片方の足も舐め尽くし、味と匂いを心ゆくまで吸収した。

「どうか、うつ伏せになって下さいませ……」

言うと、小夜もすぐ寝返りを打ってくれた。

伊助は踵(かかと)から脹ら脛(はぎ)を舐め、ほんのり汗ばんだヒカガミに舌を這わせ、両脚とも味わってから張りのある太腿から尻の丸みをたどっていった。

まだ中心の割れ目は避け、腰から背中を舐め上げると、ほんのりした上品な汗の味が感じられた。

肩まで行き、まだ結うほど長くはない黒髪に鼻を埋めて甘い匂いを吸収し、耳の裏側も嗅いでから首筋を舐め、再び背中を這い下りていった。

そしてうつ伏せのまま小夜の股を開かせ、その間に腹這い、白く豊かな尻に顔を迫らせた。

両の親指でムッチリと谷間を広げると、何やら大きな鏡餅でも二つに割るような感じがした。

谷間には薄桃色の蕾がひっそり閉じられ、こんなに清らかな尼僧でも排泄の穴があることが確認できた。蕾に鼻を埋め込むと、顔中に双丘が密着し、秘めやかな匂いが鼻腔を刺激した。

伊助は美女の生々しい匂いを貪って胸を満たし、舌を這わせて襞(ひだ)を濡らし、潜り込ませてヌルッとした滑らかな粘膜も味わった。

「く……」

小夜が顔を伏せたまま熱く呻き、肛門でキュッときつく彼の舌先を締め付けてきた。

伊助は目の前で息づく尻を見つめながら、内部で執拗に舌を蠢かせた。

ようやく舌を引き抜いて顔を上げると、再び小夜を仰向けにさせた。

彼女もゆっくりと寝返りを打ち、伊助は片方の脚をくぐって顔を寄せると、とうとう女体の神秘の部分に近々と迫った。

内腿を舐め上げながら陰戸に目を凝らすと、熱気と湿り気が顔中を包み込んできた。

前に長兄が持っていた春本をこっそり見たことがあり、陰戸の仕組みは春画で覚えていた。

色白の肌が下腹から股間に続き、ぷっくりした丘になって、そこに柔らかそうな若草がひとつまみほど、薄墨を刷いたように淡く煙っていた。

縦線の割れ目からは桃色の花びらがはみ出し、すでにヌメヌメと清らかな蜜汁に潤っていた。

そっと指を当てて陰唇を左右に開くと、中身が丸見えになっていった。

中も綺麗な桃色の柔肉で、下の方には花弁状に襞の入り組む膣口が息づき、その上にポツンとした尿口の小穴も見え、包皮の下からは光沢あるオサネも顔を覗かせていた。

「ああ……、伊助さん……」

小夜が喘ぎ、白い下腹をヒクヒクと波打たせた。彼女もまた、伊助の熱い視線と息を股間に感じ、相当に感じているようだ。

伊助も我慢できず、吸い寄せられるように小夜の股間にギュッと顔を埋め込んでいった
心地よい感触の恥毛に鼻を擦りつけて嗅ぐと、腋に似た甘ったるい汗の匂いが大部分で、下の方にはほのかなゆばりの匂いも悩ましく入り混じっていた。

（これが、陰戸の匂い……）

彼は感激と興奮に胸を膨らませて思い、小夜の体臭を貪りながら舌を這わせていった。

陰唇の内側はヌラヌラして、すぐにも舌の動きが滑らかになり、淡い酸味が感じられた。伊助は舌先で膣口の襞をクチュクチュ掻き回し、柔肉をたどってオサネまで舐め上げていった。

「アアッ……、いい気持ち……」

小夜が身を弓なりに反らせて喘ぎ、内腿でキュッときつく彼の両頬を挟み付けてきた。

伊助ももがく腰を抱え込んで押さえ、春本に最も感じると書かれていたオサネに舌先をチロチロと集中させた。すると、格段にヌメリが増して、小夜の身悶え方も激しくなっていった。

「ね、伊助さん……、入れて……」

やがて小夜が口走った。

もちろん伊助もすっかり回復し、待ちきれないほど高まっていたので、すぐにも舌を引っ込めて身を起こし、股間を進めていった。

小夜も、初めての彼が入れやすいよう大股開きになってくれた。

伊助は急角度にそそり立った幹に指を添えて下向きにさせ、先端を濡れた陰戸に擦りつけた。

そしてヌメリを与えながら位置を探ると、

「もう少し下……、そう、そこ、来て……」

小夜も僅かに腰を浮かせ、言いながら誘導してくれた。

股間を押しつけると、いきなり亀頭がズブリと温かく濡れた落とし穴に嵌まり込んだ。

「あう……、いちばん奥まで……」

小夜が呻いて言い、彼もヌメリに合わせて一気に根元まで押し込んでいった。

たちまち一物は深々と呑み込まれ、ヌルヌルッと肉襞の摩擦を受けてピッタリと股間同士が密着した。

「アア……」

小夜が熱く喘ぎ、彼自身を味わうようにキュッキュッと締め付けてきた。

そして両手を伸ばしてきたので、伊助も股間を押しつけたまま温もりと感触を味わい、ゆっくりと身を重ねていった。

彼女が下からしがみつき、伊助の胸に押しつぶされた乳房を弾ませた。

「何だか、生娘に戻ったみたい……」

小夜が、甘酸っぱい息を震わせて囁く。

伊助も、かぐわしい果実臭に誘われるように顔を寄せ、上からピッタリと唇を重ねた。柔らかな唇が密着し、彼は感触を味わいながら小夜の息を嗅ぎ、そろそろと舌を挿し入れていった。

唇の内側の湿り気を舐め、滑らかな歯並びをたどると、小夜の口も開かれてネットリと舌がからみついてきた。

小夜の舌は生温かな唾液に濡れてチロチロと蠢き、伊助は彼女の唾液と吐息に酔いしれながら高まっていった。

「ンン……」

すると小夜が熱く鼻を鳴らして彼の舌に吸い付き、ズンズンと股間を突き上げてきたのだ。

合わせるようにぎこちなく腰を遣いはじめると、次第に互いの調子も一致し、果ては股間がぶつかり合うように激しい律動になっていった。

大量の淫水で動きが滑らかになり、クチュクチュと淫らに湿った摩擦音も響いてきた。

「ああッ……! いきそう……」

小夜が苦しげに口を離して顔を仰け反らせ、唾液の糸を引きながら喘いだ。

伊助も、あまりの心地よさに、いくらも我慢できそうになかった。もしさっき彼女の口で吸い出してもらっていなかったら、挿入時の摩擦快感だけで、あっという間に果てていたことだろう。

美女の口に出して飲んでもらうのも夢のように心地よかったが、やはり情交とは、こうして男女が一つになり、快感を分かち合うことが最高なのだと伊助は実感した。

やがて彼も執拗に腰を突き動かして高まると、先に小夜がガクガクと狂おしい痙攣を起こし、気を遣ってしまったようだった。

四

「い、いく……、気持ちいいッ……、アアーッ……！」

小夜が声を上ずらせて喘ぎ、彼を乗せたまま激しく腰を跳ね上げた。

絶頂と同時に膣内の収縮も最高潮になり、その渦に巻き込まれるように、続いて伊助も昇り詰めてしまった。

「く……！」

突き上がる大きな快感に呻き、熱い精汁をドクンドクンと勢いよくほとばしらせ、柔肉の奥を直撃した。

「あうう……、熱いわ、すごい……！」

噴出を感じた小夜が、駄目押しの快感を得たように口走り、弓なりに反り返って硬直した。

伊助も心地よい摩擦の中で心置きなく最後の一滴まで出し尽くし、すっかり満足しながら徐々に動きを弱めていった。

「ああ……、伊助さん、好き……」

小夜も満足げに声を洩らし、肌の強ばりを解いてグッタリと身を投げ出していった。

伊助は完全に動きを止めて力を抜き、喘ぐ小夜にもたれかかった。

まだ膣内は息づくような収縮が繰り返され、締め付けられるたび一物が過敏にヒクヒクと内部で震えた。

「も、もう堪忍……」

小夜が、幹の震えを抑えるようにキュッときつく締め付けて言った。

女も気を遣った直後は、全身が射精直後の亀頭のように敏感になるのかも知れない。

伊助はそろそろと股間を引き離して添い寝し、小夜の甘酸っぱい息を間近に嗅ぎながら、うっとりと快感の余韻に浸り込んでいった。

するとと今度は小夜が甘えるように、彼の胸に顔を埋め込んできた。

「伊助さん、もう離れたくない……、一緒になれないものかしら……」

「そ、そんな……」

小夜の言葉に伊助は戸惑い、胸に熱い息を感じながらまた回復しそうになってしまった。

尼僧を辞めることならば、春恵尼の許しがあれば出来ないことではないだろうが、何といっても小夜は大名の娘なのである。そして伊助は貧農の四男坊で、今は八百屋の小僧に過ぎない。

まあ小夜も、快感の余韻の中で朦朧として譫言（ざれごと）を口にしたようなものだろう。

だいぶ日も傾いたので、伊助が起きようとすると、それを制して先に小夜が身を起こした。

そして懐紙で一物を丁寧に拭き清めてくれ、自分の陰戸も手早く拭った。

ようやく彼は起き上がって身繕いをした。

やがて庵主の春恵尼に顔を合わせるのも決まりが悪いので、これで伊助は月光寺を辞すことにした。

「では、これで」

「どうかまた来て下さいまし。お忙しいでしょうけれど、何とか」

「ええ、もちろんです。なるべくそうしますので」

伊助も、初めての女体と快楽が病みつきになり、小夜への未練を残したまま答えた。

そして後ろ髪引かれる思いで月光寺を出ると、あとは急いで日本橋にある八百源へと向かった。

思いもかけず時を忘れて快楽に溺れてしまったが、まあ大名家の使いをしたのだから、話せば主人の源太(げんた)も分かってくれるだろう。

そして日が落ちる前に何とか店に帰り着いたが、いきなり源太の拳骨を食らってしまった。

「つ……！」

「いつまで油を売ってやがる！　どこほっつき歩いていた」

四十になる源太が癇癪(かんしゃく)を起こし、伊助は身を縮めた。

「皆川様の中屋敷から使いを頼まれて、深川まで……」

「なにい、うちの仕事をほったらかしてノコノコ深川まで行ったのなら、とっとと辞めてそっちで雇ってもらえ！」

短気な源太はたいそうな剣幕で、新造の滝(たき)もいつものことだと苦笑し、伊助を庇(かば)いもせず夕餉(ゆうげ)の仕度をしていた。他に息子が二人いて、住み込みの奉公人は伊助一人きりだ。

深川の外れから野菜を売りに来るたび、安く買い叩かれていたが、他に知り合いもいないので、何とかここで雇ってもらったのである。

しかし、もちろん得意な算盤も帳簿の書き入れもさせてもらえず、ひたすら身体を使う仕事ばかりだった。まあ最初のうちは仕方がないと辛抱していたが、真面目に働いて一年になるのに、子供のように拳骨を食らうのには、さすがの伊助も辟易(へきえき)していた。

と、そこへ身なりの立派な、四十年配の武士が訪ねて来たのである。

「御免」

「あ、もう店は閉めておりますんで。明日にもお屋敷へお届けに上がります」

武士と見て、源太は恐縮し下卑(げび)た笑みを浮かべて答えた。

「あ、いや、用向きはその伊助だ」

「へえ、こいつが何かやらかしましたか」

源太が言い、伊助も恐る恐る武士を見た。

「私は皆川家の家臣、川田十右衛門(かわだじゅうえもん)と申す」

「はあ、皆川様なら、今日こいつが浜町の中屋敷へ行ったはずですが」

「ああ、実は伊助を当家に雇い入れたい」

「え？　何ですって……？」

唐突なことで、伊助ばかりか源太も目を白黒させて答えた。

「聞けば学問があり、手習いでも優秀だったとのこと。当家で欲しいが連れ帰って良いか」

「へ、へぇ……、こいつが、そんなに頭の良い野郎だったんでございますか。えと、どうしたもんかな……」

源太がしどろもどろになってキョロキョロすると、滝も何事かと出てきた。

「奉公人をいきなり引き抜くのも迷惑であろう。他の者が見つかるまで、これを当座の足しにしてくれ」

十右衛門は言うなり、懐中から包みを取り出して源太に渡した。受け取った彼が恐る恐る開くと、小判が五枚入っている。

「こ、こんなに……！　へえ、ようございます。どうぞお連れになってお好きなように。おい伊助、早く身の回りのものをまとめてこい！」

源太は、十右衛門の気が変わらぬうちにというように彼を急かした。

「は、はい、お待ちを……」

伊助も頷き、急いで与えられている二畳間に駆け込み、僅かな着替えのみ風呂敷に包んで、巾着を懐中に入れて玄関へと戻った。

「ならば行こうか」

「は……、旦那様、女将さん、お世話になりました」

十右衛門に促され、伊助は慌てて主人夫婦を振り返り、頭を下げて言った。

「ああ、何が何やら分からねえが、とにかくお手討ちにならねえようしっかりやんな」

源太も滝も、狐につままれたような顔で伊助を見送った。

やがて歩きはじめた十右衛門に従い、伊助も風呂敷包みを抱えて慌てて追いついた。

「川田様、一体どういうことでございましょう」

伊助は、覚えたばかりの名を言った。

「ああ、行けば分かる。私は中屋敷の腰元、真紀の父親だ」

「そ、そうでございますか……」

伊助はまだ要領を得ぬまま、とにかく十右衛門に付いていった。

今日は実に、色々なことがいっぺんに起こる日だと思った。

（まさか、旦那様が言ったように、小夜様を抱いたことが知れてお手討ちになるのでは……）

一瞬そう思って不安になったが、十右衛門は実に穏やかで温厚そうな人物であった。そして向かったのは神田にある藩邸ではなく、また浜町の中屋敷に行ったのである。

日が落ち、まだ西空は燃えているが、辺りはすっかり藍色の夕闇が立ち籠めはじめ、やがて暮れ六つ（午後六時頃）の鐘の音が聞こえてきた。

中屋敷の門をくぐり、玄関で十右衛門が声をかけると、すぐに真紀が出てきて迎えた。

「父上、お疲れ様でした」

「ああ、では私はこれで帰るからな、あとは姫様の言うように」

「はい。ではお気を付けて」

十右衛門が言うと真紀は折り目正しく答え、やがて彼は帰っていった。あとで聞くと、屋敷もこの近くにあるらしい。

「さ、では中に」

「はい……」

自分のような者が、勝手口でなく玄関から上がって良いものかと思ったが、言われるまま伊助も草履を脱いで上がり込み、恐る恐る廊下を進んでいった。

「お部屋はここです。でも今はまず湯殿へ」

真紀に言われ、伊助は自分の部屋を覚えただけで、さらに奥にある湯殿へと案内されたのだった。

五

「持ってきたのは襦袢と下帯だけですか。古いものなら捨てて、この新しいものをお使い下さい」

真紀が、彼の持ってきた包みを開いて言い、伊助も脱衣所に備えられている新品の手拭いや下帯、襦袢や着物、寝巻などを見て、自分の身に何が起きたのかと思ったものだった。

「あの、伺いたいことが山ほど……」

「はい、中で伺います。どうぞ脱いで」

訊くと真紀が答え、自分も襷掛けをし、裾を端折って白くムッチリとした太腿まで露わにした。

どうやら一緒に湯殿に入ってくる気らしい。

とにかく逆らうわけにもいかず、伊助は帯を解いて着物と下帯を脱ぎ去り、全裸で湯殿に入った。

そういえば昼間、真紀が掃除をしていたというので、湯殿も清潔に磨かれ、風呂桶にも湯が張られていた。

木の椅子に座ると、真紀が手桶に汲んだ湯を浴びせてくれた。

「あ、自分で洗いますので……」

「ええ、私は傷や病がないか検分するだけですので」

伊助が言うと真紀が答えた。なるほど、どうやら本当にこの屋敷に雇われることになるようだった。

彼は手渡された糠袋で、身体の前面を洗いはじめた。

その間も、真紀が背後から触れ、肩や腕、脇腹まで撫で回してくるので、いつしか伊助はムクムクと勃起しはじめてしまった。

「今までに怪我や病などは？」

真紀が言うと、肩越しにほのかに甘酸っぱい息の匂いが感じられた。小夜の匂いに似ているが、さらに濃くて悩ましく、その刺激が鼻腔から胸に沁み込み、さらに一物に伝わっていった。

「特にありません。八百源の旦那に小突かれていた程度です」

「左様ですか。ではこちらを向いて」

真紀が、もう一度湯を浴びせて言い、伊助も恐る恐る振り返って彼女に向き直った。

役職とはいえ、男の裸を見て相当緊張しているように、真紀の整った顔が強ばっていた。一応全て検分しておくよう言いつかっているのだろう。

「口を開いて」

真紀が言い、彼の口中までつぶさに検分した。幸い歯は頑丈で、虫歯は一本もなかった。さらに胸から腹も見下ろすと、真紀の視線が勃起した一物に釘付けになった。

「まあ……！」

真紀が息を呑んで絶句し、また彼は悩ましい匂いを感じて幹をヒクつかせた。

「なぜ、このように……」

「そ、それは、久米の仙人と同じです……。真紀様のおみ足があまりに美しいので……」

伊助が興奮を押さえて言うと、真紀も恥じらうように脚を隠そうとした。しかし、しゃがみ込んでいるので、ムッチリとした内腿から、さらに奥までが覗けそうになっている。

「そ、そのようなことではなく、男は皆、このようになっているのですか。日頃邪魔ではないのですか……」

「失礼ながら、真紀様は男をご覧になったことは……」

伊助は恐る恐る訊いてみた。

「も、もちろんございません。私は姫様が嫁がれるまでは、男のことなど考えぬつもりでおりますので……」

真紀が怒ったように言う。どうやら無垢らしく、あとで聞くと、彼女は十九ということだった。

「左様でございますか。ならば無理もございませんが、年中このようになっているのではなく、普段はもっと小さく柔らかいものです」

「では……」

真紀が、一物から視線を離さずに訊いてきた。

「こうなるのは、淫気を催し、陰戸に入れるため硬くなるのです」

伊助が言うと、さすがに交接の仕組みぐらいは知っているらしく、真紀は頬を赤くした。

「ならば私に淫気を？」

「申し訳ありません。美しい方の前で裸になれば妙な気分になり、身体の方がこのようになってしまうのです」

「では病で硬くなっているのではないのですね」

「はい、これが普通で、むしろ健(すこ)やかなる証しかと」

伊助も、武家娘を相手に堅苦しい言葉が自然に出てきた。

「どうすれば元通りに小さく」

「交接しないまでも、自分の指で刺激して精汁を放てば、気持ちも落ち着いて強ばりが解けます」

「な、何やらおぞましいです。他に鎮める手立ては？」

「女人が遠ざかり、暫(しば)し放っておけば元通りに」

「ならば、そうして下さい。これにて検分は終えます」

言うなり真紀が立ち上がって裾を下ろし、逃げるように湯殿を出ていってしまった。

伊助は小さく溜息をつき、さらに全身を擦って洗い流した。真紀の残り香に、なかなか勃起が治まらなかったが、やがて武家屋敷にいるという緊張もあり、湯殿を出る頃にはすっかり元通りになっていた。

身体を拭くと、脱衣所に備えられていた真新しい下帯を締め、置かれていた寝巻を着て帯を締めた。

そっと廊下を伺うと、待機していた真紀が来て、今度は厨に案内された。

その片隅に折敷が用意され、飯に吸物、焼き魚に漬け物が載っていた。

「夕餉を終えた頃、また来ます」

真紀が素っ気なく言い、厨を出ていった。

伊助は手を合わせ、豪華な食事をした。八百源では飯と漬け物、たまに煮物が出る程度だったのだ。

綺麗に平らげて茶を飲んでいると、また真紀が来た。

「では、こちらへ」

「あの、私はこのお屋敷で何の仕事をすれば……」

「あとは、姫様が」

「え……」

言われて、要領を得ぬまま真紀に従って奥へ行くと、やがて照姫の寝所へと案内された。

「では私はこれにて」

真紀が膝を突いて恭しく言い、襖を閉めた。

伊助が見ると、すでに床が敷き延べられ、その上に寝巻姿の照姫が座し、髪も下ろしているではないか。

「姫様……」

伊助は平伏し、畳に額を擦りつけた。

室内に籠もる甘い匂いと姫君の顔で、また彼は小夜に会うような奇妙な感覚に襲われたが、照姫の黒髪は長く美しい。

「慌ただしくて済みません。驚いたでしょう」

照姫が、清らかな笑みを含んで言う。

「ええ……」

「小夜からの強い思いが届き、どうにもそなたの身が欲しくなったのです。それとも、今の仕事が気に入っていましたか」

「い、いえ……」

「そう、ならば良かった。小夜に初物を奪われ、たいそう良かったようですね。二人の心地よさが私にも伝わり、起き上がれないほどになりました」

照姫が言う。

どうやら姉妹が通じ合うのは思いばかりでなく、肉体の得る快楽までもが伝わってくるようだった。

「で、では月光寺のことは何もかも、ご存じなのですね……」

「むろんです。私たちは、今までずっとそのように通じ合ってきましたから」

照姫が言い、帯を解いて寝巻を脱ぎはじめた。

「あ……」

「早く脱いで、小夜と同じことを私に……」

言われて、伊助は混乱と興奮に激しく胸を高鳴らせた。

してみると小夜と同じく、この照姫もすでに無垢ではないのだろう。このように、姉妹で同じ男を相手にしてきたに違いなかった。

「さあ、ここへは誰も来ません」

やがて照姫が一糸まとわぬ姿になって言い、仰向けに身を投げ出した。

髪の長さ以外は、乳房も腰つきも恥毛の具合も小夜そっくりであった。

もう伊助も堪らず寝巻を脱ぎ去り、甘い匂いの漂う姫君ににじり寄っていったのだった。

第二章　姉妹に見初(みそ)められた男

一

（ほ、本当に良いのだろうか……）

伊助は混乱の中、余すところなく晒している照姫の白い肌を見下ろしながら思った。

出家している小夜ならまだともかく、照姫は一国一城の姫君なのだ。それを、自分のような者が触れて構わないのだろうか。

しかし目の前では、現実に照姫が身を投げ出して伊助の愛撫を待っているのである。

そして彼も激しい淫気に見舞われ、この信じられない状況を受け入れて添い寝してしまった。

伊助は、一つ年下の姫君に甘えるように腕枕してもらい、ほんのり生ぬるく汗ばんだ腋の下に顔を埋め、目の前に息づく白い乳房に、そろそろと手を這わせていった。

腋の和毛に籠もる湿り気は、湯上がりの匂いに混じり、生ぬるく甘ったるい体臭が感じられた。乳房の膨らみも、薄桃色の乳首や乳輪も、実に小夜と瓜二つだった。

湯の香りがして小夜ほど濃くないのが残念だが、それでも彼は充分に匂いを吸収し、乳首へと移動していった。

チュッと吸い付き、舌で転がしながら柔らかな膨らみを顔中で感じると、

「アア……」

照姫がビクッと顔を仰け反らせ、喘ぎながらクネクネと身悶えはじめた。

すでに昼間、小夜からの快感を受け止めているから、すぐにも火が点いた感じである。

伊助は、もう片方の乳首も含んで舐め回し、左右とも充分に味わってから、白く滑らかな肌を舐め降りていった。小夜そっくりの形をした臍を舐め、張り詰めた下腹から腰に移動した。

やはり昼間二回射精しているから、性急に股間に向かわず、全て味わおうと、彼は太腿から脚を舐め降りた。

それに照姫は、双子の不思議な力で、小夜が何をされたかつぶさに知っていることだろう。だから丁寧に愛撫したが、もちろん覚えたての伊助は意識するまでもなく、高貴な姫君の隅々まで味わうつもりだった。

足裏に舌を這わせ、指の股に鼻を割り込ませたが、蒸れた匂いはやはり淡く、それでも爪先をしゃぶって指の間を味わった。

「ああ……、くすぐったい……」

照姫が喘ぎ、彼の口の中で唾液にまみれた指先を縮め、舌先をキュッと挟み付けてきた。

伊助は両足ともしゃぶり尽くすと、滑らかな脚の内側を舐め上げ、股間に顔を進めていった。

白くムッチリした内腿に舌を這わせ、陰戸に迫ると、小夜に負けないほど割れ目は蜜汁にまみれ、熱気を籠もらせていた。

柔らかな恥毛に鼻を埋め込んで嗅ぐと、うっすらとした汗とゆばりの匂いが湯上がりの香りに混じって鼻腔に感じられた。

はみ出した陰唇もオサネの形や大きさも、何もかも小夜と同じだった。

舌を這わせると、淡い酸味のヌメリが動きを滑らかにさせ、彼は息づく膣口の襞からオサネまでゆっくり舐め上げていった。

「アアッ……、いい気持ち……」

照姫が身を弓なりに反らせて喘ぎ、内腿でキュッと彼の顔を挟み付けた。

あるいは小夜も、今ごろ月光寺で同じように感じているのかも知れない。

チロチロと舌先で弾くようにオサネを刺激していると、淫水の量が急激に増してきた。

さらに彼は照姫の脚を浮かせ、形良い尻の谷間にも鼻を埋め込んでいった。

顔に密着する双丘の感触も小夜と同じだが、残念ながら蕾からは何の匂いも感じられなかった。

舌先でくすぐるように舐め、充分に濡らしてヌルッと潜り込ませると、

「あう……！」

照姫が呻き、キュッときつく肛門で彼の舌先を締め付けてきた。

そして内部で舌を蠢かせてから引き抜き、脚を下ろしながら再び濡れた陰戸に戻っていった。

「も、もう堪忍……」

照姫がクネクネと身悶えながら降参するように言うと、懸命に身を起こしてきた。伊助が股間から這い出すと、照姫は彼を仰向けに押しやり、一物に顔を寄せてきた。

「ああ……」

まさか姫君が口でしてくれるなど思ってもおらず、仰向けになった伊助は緊張と畏れ多さに声を震わせた。

照姫は伊助の脚の間に陣取って屈み込み、長い黒髪でサラリと彼の股間を覆った。その内部に熱い息を籠もらせながら先端に舌を這わせ、粘液の滲む鈴口をしゃぶった。

さらに丸く開いた口で亀頭を含み、そのままモグモグと喉の奥まで呑み込んできた。

「アアッ……、姫様……」

伊助は温かく濡れた口の中に根元までスッポリと含まれ、熱く喘ぎながら幹を震わせた。照姫も深々と頬張りながら口腔を締め付けてチュッと吸い付き、舌をからめながら幹を締め付けてきた。

「ンン……」

たまに先端が喉の奥に触れると彼女が小さく呻き、さらに温かな唾液がたっぷり溢れて肉棒全体を心地よく浸した。

そしてスポンと引き抜くと、今度はふぐりを舐め回して睾丸を転がし、さらに彼の脚を浮かせると肛門まで舐めてくれた。

「い、いけません、姫様……」

湯上がりとは言え、伊助は驚いて言った。しかし照姫は厭わず舌を這わせ、自分がされたようにヌルッと潜り込ませてきたのだ。

「あうう……」

伊助は呻きながら、キュッと姫君の舌先を締め付けた。快感と言うより、恐ろしくて全身が小刻みに震えた。

照姫は充分に舌を蠢かせてから、ようやく引き抜いて再び肉棒を含んだ。

「ど、どうか……」

伊助はあまりのことに朦朧となり、絶頂を迫らせて哀願するばかりだった。

ようやく照姫が口を引き離し、身を起こして一物に跨がってきた。

「小夜と違い、私が上に」

照姫は言い、ためらいなく唾液に濡れた先端に陰戸を押し当ててきた。

伊助は仰向けのまま、美しい姫君が大胆に跨がり、ゆっくり腰を沈ませて陰戸に肉棒を呑み込んでいく様子を呆然と見上げていた。

たちまち屹立した一物が、ヌルヌルッと肉襞の摩擦を受けながら滑らかに根元まで没していった。

「ああッ……、いい……！」

完全に座り込んだ照姫が、ビクッと顔を仰け反らせて喘いだ。

伊助も熱く濡れた肉壺に嵌まり込み、股間に姫君の重みと温もりを受け止めながら、暴発を堪えて必死に奥歯を噛み締めた。

彼女は密着した股間をグリグリと擦りつけてから、ゆっくりと覆いかぶさるように身を重ねてきた。

伊助も下から両手を回して抱き留めると、顔の左右をサラリと黒髪が覆い、内部に彼女の甘酸っぱい息が籠もった。

そのまま彼女は、上からピッタリと唇を重ねてきて、ヌルッと舌を挿し入れてきた。伊助もネットリと舌をからめ、滑らかに蠢く舌触りと生温かくトロリとした唾液を味わった。

照姫が下向きだから、唾液もトロトロと注がれ、伊助はうっとりと喉を潤（うるお）して酔いしれた。

果実臭の吐息も小夜そっくりで、嗅ぐたびに胸の奥が甘美な悦びに満たされ、このまま身体ごと呑み込まれたい衝動に駆られた。

やがて彼女が腰を遣いはじめると、あまりに心地よい摩擦と締め付けに突き動かされ、伊助もズンズンと股間を突き上げた。

「アア……、もっと強く……」

照姫が口を離し、唾液の糸を引きながら熱くせがんだ。

彼も次第に勢いをつけ、とうとうひとたまりもなく大きな絶頂の快感に全身を貫かれてしまった。

「く……！」

呻くと同時に、熱い大量の精汁がドクドクとほとばしった。

「あう……、い、いく……！」

噴出を感じると同時に、照姫も口走りながら激しく気を遣り、ガクンガクンと狂おしい痙攣を開始した。膣内の収縮も活発になり、伊助は心地よい摩擦の中、心ゆくまで出し尽くしていった。

すっかり満足しながら突き上げを弱めていくと、照姫も肌の強ばりを解きながらグッタリと彼にもたれかかってきた。

「ああ、今までで一番良かった……。さすがに小夜が本当に選んだ男……」

重なりながら照姫が息を弾ませて言い、キュッキュッと名残惜しげに膣内を収縮させた。

伊助も過敏にヒクヒク反応し、姫君のかぐわしい息の匂いを嗅ぎながら、うっとりと快感の余韻を噛み締めたのだった……。

二

「そ、そのようなこと、有り得ません……」

伊助は、一同の顔を見回して声を震わせた。

昨夜は、朦朧としながら与えられた部屋で眠り、今朝は真紀に起こされて井戸端で顔を洗い、朝餉を済ませたのだった。

そして着物と袴を着けさせられ、別室に呼ばれると、そこに多くの人が集まっていた。

照姫と、朝早く来たらしい小夜に庵主の春恵尼。さらに川田十右衛門と真紀の父娘、そして姫君の侍女らしい菊乃という、三十ばかりの美女が顔を揃えていたのだ。

「不承知ですか。照姫様との婚儀は」

菊乃が言った。色白で豊満、観音様のような美女であるが、少々恐くて厳しそうな感じである。

そう、一同の揃ったところに伊助は呼ばれ、いきなり照姫と夫婦になるよう言われたのだった。伊助の驚きは如何ばかりだろう。彼の言葉通り、決して有り得ない話なのである。

「ふ、不承知も何も、私は深川の外れの百姓で、昨日までは八百源の小僧をしておりましたので……」

「そのようなことは構わないのですよ。人はみな同じです」

春恵尼が、相変わらず穏やかな口調で言った。

手習いの頃にさんざん世話になり、一年以上ぶりに会っても透き通るような美しさは変わりなかった。

「もし、立場が同じであったら、という上でお考えなさい」

春恵尼に言われたが、あまりの混乱と動揺で、伊助は真っ当に頭が回りきらなかった。

「とにかく、照姫様はそなたの他に夫は持ちたくないとの仰せ。それは小夜様も同じことです」

春恵尼の言葉では、何やら姉妹の二人を同時に妻にするような含みさえ感じられた。

「わ、私のような者が選ばれ、藩は大丈夫なのでしょうか。反対する藩士に命を狙われるとか……」

「当藩に、そのような藩士はおりませんし、それに、そなたの素性を知るのは、ここにいる者だけです。承知なら、この十右衛門殿の養子となり、武家の仕来りを覚えてもらわねば困ります」

菊乃が答えた。

商家の娘が武家に見初められ、便宜上武士の養女になってから嫁ぐというのは聞いたことがあるが、下々の男が武家の養子になるなど前例が無いのではなかろうか。

「と、とにかく、あまりのことに考えがまとまりません……」

「ならば実現するとして、そなたの親兄弟とか、不都合はございますか」

菊乃が訊いてくる。

「いえ……、二親はおりますが、今は長兄の夫婦が家を取り仕切り、次男三男も近在の農家へ養子に行き、すでに四男坊の私がどうなろうと、何も気にしていないとは思いますが……」

「ならば、そなた一人が承服すれば、他に不都合はないのですね」

「そ、それはそうですが……」

「姫様も小夜様も、間もなく年が明ければ十八におなりです。他藩の大名も、我が皆川家との繋がりを求めて多く嫁取りの名乗りを上げておりますが、姫様の心は動きません。おん自ら婚儀を求められたのは、此度が初めてなのです。承服して頂かねば、姫様は気鬱で伏せるやも知れず」

菊乃が涙を浮かべて熱心に説得し、しかも頭まで下げてきた。

すると、照姫と小夜までが彼に向かい頭を下げてきたのである。

「お、おやめ下さい、私のような者に……」

伊助は自分も後退して平伏し、気を失いそうな事態に声を震わせた。

「では、承服いただけましょうや」

「私などから言うわけに参りません。お武家様の方から、有無を言わさずお命じ下さいませ。ならば私は従います」

伊助が必死の思いで言うと、照姫と小夜が顔を上げた。

「ならば伊助、私を妻にして欲しい。承知か」

照姫が、重々しく言った。

「は、はい……、畏まってございます……」

伊助が、他に答えようもなく承諾の返答をすると、ようやく一同に安堵の空気が流れた。

ただ菊乃だけは、これからの苦労を思ってか困ったような表情を続けていた。

「ならば決まりだな。今日より私の養子となる」

十右衛門が言い、彼は何やら息子が増えて嬉しげで、伊助の素性など気にしていないようだ。

まあ、考えてみれば養子が何者だろうと便宜上のことであるし、それによって姫君と縁戚関係になれるのだ。

そうすれば十右衛門の藩内での地位も上がるし、やがて真紀の良い婿も見つかることだろう。

「婚儀は新年吉日。よって年内の半月余りで武家の仕来りを徹底的に私が仕込みます」

菊乃が言い、十右衛門が続けた。

「名も改めた方が良いな。私の十を使い、伊十郎というのはどうだ」

「おお、良い名です」

照姫も言い、何が何やら分からぬうち、伊助を置いてどんどん話が進んだ。

すると春恵尼が口を開いた。

「小夜様も、尼を辞めて月光寺を出ます。その折り、照姫様とともに輿入れをしたいと思います。異例のことなれど、二人でお一人の姉妹なればご承服下さいますよう」

言われて、さらに伊助は度肝を抜かれた。

一国の姫君に加え、美しい双子姉妹を同時に妻に出来るのだ。もし若い藩士であったなら、あまりの歓びと光栄に舞い上がることだろう。

しかし伊助には、戸惑いと畏れ多さばかりで真っ当な気持ちを保つことが出来なかった。

「では新年の、殿やご家老との拝謁までは当家で過ごすように」

十右衛門が言い、立ち上がって数々の仕度のため帰宅していった。

そして春恵尼と小夜も、いったん月光寺へと戻った。

「では、伊助どのは国許の郷士と言うことにし、私も川田家へ通って武家のことをあれこれ教授しましょう」

菊乃が言って彼を促し、部屋へと戻った。

照姫も安堵したような表情で、真紀とともに奥へ入っていった。

どうやら昨日のうちに、小夜が伊助への強い思いを照姫に送り、照姫も彼と肌を重ねて申し分ないと心を決め、早朝から手配していたのだろう。

急ぎ十右衛門と菊乃が呼ばれ、何とも迅速に事が運ばれたのである。

それほど照姫と小夜の思いは激しく、また姫自ら今後を口に出すのも初めてなので、周囲も躍起になってお膳立てに奔走したようだ。

あるいは断り切れぬほど強大な、他の大名の申し出にも難儀していたのかも知れない。

部屋に戻ると、伊助を立たせたまま、菊乃が恐い顔で正面に座した。

「その袴は、真紀が着けてくれたものですか」

「はい」

「ならば脱いで、自分で着付けて下さいませ」

「はい」

答え、伊助は紐を解き、袴を脱ぎ落とした。そして着物の裾と端折りを少し直してから、再び袴を着けはじめた。

真紀が着けてくれたのを、全て正確に記憶していたから、またきちんと迷わず整えることが出来た。

「ふむ、上出来です。今まで袴を着けたことは？」

「今日が初めてです」

「真紀が着けた一度だけで覚えたのですか。なるほど、小夜様が仰った通り、相当に頭が良いようです。安堵しました。これならすぐにも武家の仕来りを覚えることでしょう」

菊乃が、ようやく表情を和らげて言った。

「では川田家へ参ります。伊十郎殿と呼ぶのは年が明けてから、今は伊助殿のままで通します」

「はい」

答え、やがて伊助は照姫に挨拶してから、菊乃とともに中屋敷を出た。

「刀がないのは変ですが、川田家にあるでしょう。丸腰で外を歩くのはこれが最後です」

菊乃が言い、やがていくらも角を曲がらぬうち川田家に到着した。これほど近いから、真紀も中屋敷勤めが楽なのだろう。

やがて訪(おとな)うと、すぐに十右衛門が出迎えてくれた。

三

「おお、来たか。まずは奥へ」

十右衛門が言い、いそいそと二人を奥の部屋へ招いた。

そこには刀架があり、大小が揃えられていた。

「これがお前の差し料だ。手に取って見よ」

「は……」

伊助は恐る恐る大刀を手にし、ぎこちなく観察した。柄巻きは黒、鞘も艶のある黒で、鍔は木瓜に小さく七曜星、目抜きは雲形だ。

もちろん刀に触れるのは初めてで重く、粗略に扱えず指が震えた。

「無銘の安物だ。大刀の刃渡りは二尺一寸（六十四センチ弱）。脇差は一尺二寸（三十六センチ強）だ」

「あ、有難うございます……」

伊助は、あまり有難くない気持ちで言った。武士に憧れていたならともかく、とにかく目まぐるしい変転に頭が付いていかない。

「脇差は、このように常に帯びているように」

十右衛門が言い、手本を示してくれた。

伊助もそっと大刀を戻して脇差を手に取り、帯の間に鐺（こじり）を差し入れて短い下げ緒を垂らした。

「おお、それで良い。立ち居振る舞いの中でもずれぬよう、常にピタリと形に治まるよう慣れるのだ」

「はい」

答えたものの、物心ついてからずっと大小を帯びている武士のようにいかないだろうが、それでも伊助は持てる力を発揮し、すぐにも十右衛門の形を覚え、そのようにした。

「では、私は藩邸へ出仕するので、あとはよろしく頼む」

「はい、行ってらっしゃいませ」

十右衛門が立ち上がったので、伊助は菊乃と一緒に玄関まで見送った。十右衛門は藩内では中程度の家禄で、役職は勘定方の補佐。もちろんその役職を継ぐのは伊助ではなく、真紀の婿である。

やがて二人で部屋に戻ると、菊乃が襷掛けをした。

「刀の扱いは、明日にも剣術指南が来るので、今日は月代を剃って髷を結うことにします。脇差を戻してお脱ぎなさい」

言われて伊助は刀架に脇差を戻し、袴と着物を脱いだ。そして下帯一枚になると、菊乃に案内され湯殿に行った。

「それもお取りなさい」

菊乃は言い、裾を端折って剃刀を用意した。

さすがに真紀よりムッチリと肉づきの良い太腿までが露わになり、その白さが眩しいほどだった。

伊助は下帯まで取り去り、全裸になって木の椅子に腰掛けた。

無垢の真紀とは違い、菊乃は厳しくて恐そうなので、まだ一物は萎縮したままだった。

菊乃は彼の背後に回り、元結いを切って髪をザンバラにさせてから、手桶に汲んだ残り湯を頭から浴びせた。

「自分でお洗いなさい」

言われて伊助は屈み込み、両手の指で髪を擦ると、菊乃もどんどんぬるい湯を浴びせてくれた。

「よろしいでしょう」

やがて彼女が言って身を起こすと、額に剃刀が当てられ、手際よく月代が剃られていった。

じっとしていると耳元に彼女の息遣いが聞こえ、背後から漂う甘ったるい汗の匂いに混じり、白粉（おしろい）のように甘い刺激を含んだ息の匂いまで肩越しに感じられ、次第に股間がムズムズと妖しくなってきてしまった。

額から頭頂部まで剃り、菊乃は念入りに指を這わせて剃り残しを処理しては盥の水で剃刀をすすいだ。

全て剃り終えると、彼女は伊助の鬢（びん）から後ろの髪を櫛（くし）で梳（と）かした。

そして新たな元結いで髪を束ねてキュッときつく縛り、さらに髷を結って形を整えてくれた。

前に回って髷の具合を見ると、菊乃が小さく嘆息した。

「思っていた以上の男ぶりです」

彼女がうっとりとした眼差しで言い、剃った月代に触れ、さらに髭は当たらなくて良いか頬や顎にも指を這わせてきた。髭の方はもともと薄いので、今はこのままで良いようだ。

菊乃が顔を寄せて言うものだから、ぽってりした肉厚の唇が迫り、湿り気ある甘い息が正面から感じられ、いけないと思いつつ一物がムクムクと完全に鎌首を持ち上げてしまった。

するると、惚れ惚れと見つめていた菊乃の視線が、彼の股間に注がれてきた。

「まあ……！」

「も、申し訳ありません……」

咎められる前に、伊助は謝って股間を手で隠した。

しかし菊乃は、怒っていなかった。

「そなた、女は知っているのですか？」

菊乃が穏やかな声音で訊いてくる。してみると、彼は小夜や照姫と情交したことまでは、まだ知らないようだ。

「い、いえ……、まだ何も……」

姉妹としたなど言うわけにもいかず、伊助は無垢を装ってモジモジと答えた。

「なるほど、幼い頃から家の仕事を手伝い、住み込みの奉公をしてからも、そんな余裕はなかったかと思います。身体の具合も真紀が調べたようですが、あれは無垢です。しかし私の目から見ても元気で安堵しました」

菊乃が言う。

あとで聞くと彼女は三十歳の後家。子は無く、藩士の夫を数年前に病で失い、あとは侍女として一生仕える気持ちでいるようだった。

「それにしても、私に淫気を催すとは剛胆で頼もしい」

菊乃が言い、伊助も叱られずに済み、さらに勃起を強めてしまった。

「姫様姉妹は不思議な方たちです。心が通じ合っているので、恐らく手習いの頃から小夜様はそなたの優秀さに思いを寄せ、それが照姫様にも伝わったのでしょう。男女のことにも奔放なお二人なれば、これからは激しく求められるかも知れません」

「はあ……」

そうした話題になり、彼の胸には徐々に期待が膨れ上がっていった。

「そのためには女の身体のことも知っておかねばなりませんが、粗相があってはなりませぬゆえ、私が教えることに致しましょう」

「お、お願い致します……」

どうやら情交の手ほどきしてくれるようで、伊助は激しい興奮と悦びに胸を弾ませた。

「ならば、身体を拭いてお部屋でお待ちなさい。私も急ぎ身体を清めますので」

彼女が言い、着物を脱ぐため襷を外し裾を下ろした。

「あ、あの……」

「何です」

「どうか洗わずに、自然のままの匂いを知っておきたいのですが……」

伊助は、思いきって言ってみた。

「何ですと……。いや、確かに、姫様も情の濃い方ですので、洗う暇もなく求めることが多々あるやも知れません。女の匂いに慣れることも、あるいは必要かも……」

菊乃が言い、少し迷ったが、さすがに肝の太いところを見せ、羞恥よりも利を選んでくれたようだ。

「少々ためらいはありますが、承知しました。では、ともに部屋へ」

菊乃は言って一緒に湯殿を出ると、自分は足だけ拭き、彼の全身を拭いてくれた。そして伊助は全裸のまま、彼女に連れられて別室に入った。

菊乃が手早く床を敷き延べたので、ここは教育係として彼女が寝泊まりするため与えられた部屋なのだろう。

そして彼女も手早く帯を解き、ためらいなく着物を脱いでいった。

たちまち甘ったるい匂いが解放されて室内に立ち籠め、みるみる白く滑らかな肌が露わになっていった。

襦袢と腰巻まで脱ぎ去り、一糸まとわぬ姿になると、菊乃は彼を促し、一緒に横になった。

「さあ、お乳を吸って。壊れ物を扱うように、優しくしなければなりません」

身を投げ出し、彼の顔を胸に抱き寄せながら菊乃が言った。声は囁くように小さく、彼女も淫気を秘め、期待と緊張を高めているようだった。

伊助も横から身を寄せ、目の前で息づく乳首にチュッと吸い付いていった。

膨らみは実に豊かで、舌で転がしながら押し付けると、顔中が搗きたての餅に埋まり込むようだった。

「く……」

菊乃が息を詰めてビクリと熟れ肌を強ばらせ、彼の手を取り、もう片方の膨らみを揉ませた。

伊助も生ぬるく甘ったるい体臭に包まれながら夢中で吸い付き、柔らかな乳房を揉みしだいた。そしてもう片方にも移動して含み、充分に舌を這わせると、次第に菊乃の呼吸が熱く弾んできたのだった。

四

「ああ……、もうよろしいでしょう……」

菊乃が言い、やんわりと伊助の顔を乳房から引き離した。

彼も素直に顔を離し、そのまま菊乃の腋の下に顔を埋め込んでしまった。色っぽい腋毛に鼻を擦りつけると、甘ったるい汗の匂いが濃厚に籠もり、彼の鼻腔から胸を悩ましく掻き回してきた。

「あう……、汗臭いでしょうに、そのようなところ嗅ぐものではありません」

菊乃が窘めるように言ったが、熟れ肌はうねうねと妖しく悶え続けていた。

「さあ、早くお入れなさい……」

やがて菊乃が、彼の顔を腋から突き放して言った。

どうやら武家は少し乳を吸っただけで、すぐにも挿入して果てるようだ。

「あの、陰戸を見てみたいのですが……」

「なに……、武士が女の股座(またぐら)に顔を差し入れるものではないのですが、しかし初めてなら、見ておくのも大事かも……。交接のとき戸惑うのも姫様に失礼ですので、では異例のことですが……」

菊乃は自分を納得させ、仰向けになって恐る恐る股を開いてくれた。

激しい興奮に息を弾ませながら、伊助は彼女の股間に移動し、腹這いになって顔を進めた。

内腿もムッチリと量感があり、股間には熱気と湿り気が渦巻くように籠もっていた。

「アア……」

菊乃が、僅かに立てた両膝を全開にし、熱く喘いだ。

さすがに激しい羞恥に白い下腹がヒクヒクと息づき、淫気が高まってきているようだ。

亡夫との交渉では、それなりに快楽を得ていたのだろう。それが数年ぶりに男に触れられたのである。

ふっくらした股間の丘には黒々と艶のある恥毛が茂り、肉づきが良く丸みを帯びた割れ目からは、桃色の陰唇がはみ出し、しっとりと潤っていた。

そっと指を当てて左右に広げると、

「く……」

触れられた菊乃が呻き、まるで生娘のように腰をよじった。

と言っても、まだ伊助は生娘を知らないのだが、きっとこのように恥じらうのだろうと思った。

陰唇の内部は、さらにヌメヌメと潤う柔肉で、襞の入り組む膣口が息づき、尿口の小穴もはっきり確認できた。

そして光沢を放つオサネは亀頭の形をして小指の先ほどもあり、姉妹よりずっと大きかった。

「さ、さあ……、もう入れる場所はお分かりでしょう……」

彼の熱い視線と息を感じ、菊乃がかすれた声でせがんできた。

「少しだけ、舐めてみたいのですが」

「そ、そんな、いやしくも姫の夫となる身が犬のような真似を……」

「しかし、姫様から求められるかも知れませんので」

「な、ならば、ほんの少しだけですよ……」

彼が股間から言うと、菊乃もようやく応じてくれた。こうした会話の間にも、熱い潤いが増してくるようだった。

やがて伊助は顔を埋め込み、柔らかな茂みに籠もった汗とゆばりの匂いを貪りながら、舌を這わせていった。

中の柔肉は淡い酸味のヌメリが満ち、彼は膣口を掻き回してオサネまで舐め上げていった。

「アアッ……！」

菊乃が声を上げ、ビクッと顔を仰け反らせた。同時に内腿がキュッときつく彼の両頬を締め付けてきた。あるいは、舐められるなど初めてのことなのかも知れない。

伊助は、自分のような未熟者の愛撫で、ずっと年上の武家女が激しく感じてくれるのが嬉しく、舌の動きにも熱が籠もった。そして濃厚な体臭で胸を満たし、溢れる蜜汁を貪るようにすすった。

「も、もう堪忍……、は、早く入れて……！」

菊乃がガクガクと腰を跳ね上げて哀願し、何度か寝返りを打つほどに腰をよじった。

おそらく、今にも気を遣りそうになっているのだろう。

ようやく彼が股間から顔を引き離すと、菊乃は陰戸を庇うように脚を閉じ、横向きになって身体を丸めてしまった。

伊助は彼女の尻の方に回り込んで顔を寄せ、目の前いっぱいに広がる双丘に迫り、指でムッチリと谷間を開いた。

奥には薄桃色の蕾がキュッと閉じられ、鼻を埋め込むと秘めやかな微香が籠もっていた。彼は武家の美女の尻を嗅ぎ、舌先で蕾を舐めてからヌルッと潜り込ませた。

「ヒッ……、な、何を……」

菊乃が朦朧としながら言い、キュッと肛門で舌先を締め付けてきた。

伊助は滑らかな粘膜を味わい、やっと舌を引き抜いてから再び彼女に添い寝して向き合った。

そして彼女の手を取り、強ばりに導くと、やんわりと握ってくれた。

「ああ……、変になりそう……」

ニギニギと愛撫しながら、菊乃が息を弾ませて言う。

最初は菊乃も、簡単に挿入して果てさせ、あっさり終えるつもりだったのだろうが、自分がこれほど濡れて感じる事態になろうとは、夢にも思っていなかったようだ。

「いい気持ち……」

指の愛撫に、伊助もうっとりと喘いだ。

「入れれば、もっと心地よくなります。さあ……」

菊乃が仰向けになり、一物から指を離した。

どうやら一物は舐めてくれないらしい。彼女の頭に、そのような愛撫はないのだろう。さすがに伊助もせがむわけにいかず、素直に身を起こして菊乃の股間に身を置いた。

股間を進めて先端を濡れた陰戸に押し付け、位置を定めてゆっくり挿入していくと、

「あぁッ……！」

菊乃も熱く喘ぎ、ヌルヌルッと滑らかに一物を受け入れていった。

肉襞の摩擦と温もり、締め付けを感じながら根元まで押し込むと、伊助は股間を密着させて熟れ肌に身を重ねていった。

彼女も両手を回してしがみつき、若い一物を味わうようにキュッキュッと内部を収縮させた。

伊助ものしかかり、胸の下で押し潰れて弾む豊かな乳房を味わい、密着した肌と、膣内の温もりと感触を嚙み締めた。

「突いて……、強く奥まで、何度も……」

菊乃が薄目で熱っぽく彼を見上げて囁き、待ちきれないようにズンズンと股間を突き上げてきた。

彼も合わせて腰を遣うと、溢れる淫水でたちまち動きが滑らかになり、クチュクチュと淫らに湿った摩擦音も響いてきた。

そして彼は上からピッタリと唇を重ね、白粉臭の息を嗅いで鼻腔を刺激され、ヌルッと舌を挿し入れていった。

「ンン……」

菊乃も歯を開いて侵入を受け入れ、熱く鼻を鳴らして彼の舌に吸い付いた。

舌を蠢かすと、彼女もチロチロとからみつかせてくれた。

伊助は美女の生温かな唾液を味わい、甘い息の匂いに酔いしれながら腰の動きを激しくさせていった。

「あうう……、も、もう駄目……、ああーッ……！」

たちまち菊乃は口を離して声を上ずらせ、そのままガクンガクンと狂おしい痙攣を開始して、激しく気を遣ってしまった。

膣内の収縮も最高潮になり、もう伊助も我慢できず、そのまま昇り詰めてしまった。

「い、いく……！」

突き上がる快感に口走り、熱い大量の精汁を勢いよくドクドクと内部にほとばしらせた。

「アアッ……、いい……！」

噴出を感じると、菊乃は駄目押しの快感を得たように喘ぎ、さらにキュッときつく締め付けてきた。

伊助は股間をぶつけるように突き動かし、心地よい摩擦の中、心置きなく最後の一滴まで出し尽くしていった。そして満足げに力を抜き、徐々に動きを弱めていくと、

「ああ……」

菊乃も熟れ肌の強ばりを解き、精根尽き果てたように声を洩らし、グッタリと身を投げ出していった。

まだ膣内は名残惜しげにキュッキュッと息づくような収縮が繰り返され、その刺激に一物がヒクヒクと過敏に震えた。

そして伊助は体重を預け、美女のかぐわしい息を間近に嗅ぎながら、うっとりと快感の余韻を味わったのだった。

五

「大丈夫ですか、菊乃様……」

伊助が股間を引き離して添い寝しても、菊乃は失神したようにグッタリとなって、ただ荒い呼吸に豊かな乳房を上下させるばかりだった。

仕方なく懐紙を手にして身を起こすと、手早く一物を拭ってから菊乃の股間に潜り込み、淫水と精汁にまみれた膣口をそっと拭いてやった。

「ああ……、そのようなこと男は……」

菊乃が徐々に我に返って言ったが、まだ力が抜けて起き上がれないようだ。

それでも伊助が処理を終える頃には、ようやく気を取り直して、ゆっくりと身を起こしてきた。

「まだ、夢のような心地が……」

菊乃は言い、座って呼吸を整えた。恐らく、今までで一番心地よく、とことん気を遣ったのだろう。

「もう男女のことで教えることはありません……。どうか、湯殿まで連れていって……」

菊乃が言うので、伊助は立ち上がって彼女を支え、全裸のまま一緒に湯殿へと戻った。

互いに股間を洗い流し、彼女は椅子に座って何度かぬるい湯を浴びながら自分を取り戻していった。

脂の乗った熟れ肌は湯を弾いて色づき、大きな快楽を得た直後の気怠い風情（ふぜい）が実に艶（なま）めかしく、また伊助はムクムクと回復してきてしまった。

「あ、あの……」

「まあ……、またこのように……」

困ったように勃起した幹を震わせて言うと、菊乃も目を遣り、驚いて言った。

「も、もう今日は入れさせるわけには参りません。またしたら寝込んでしまいます……」

「申し訳ありません……」

「いや、若いのだし覚えたばかりなのだから、すぐ淫気が湧くのは無理ありません。それにご姉妹の求めも激しいでしょうから、元気なのは頼もしいことです。指でよろしければ……」

恐そうな印象のあった菊乃も、すっかり伊助に歩み寄るように手を伸ばしてきてくれた。

彼も座っている菊乃の正面に回り、風呂桶のふちに腰を下ろして股を開いた。すると菊乃も、愛しげに両手のひらに肉棒を挟み込み、ぎこちないながら動かして刺激しはじめた。

「動きは、このようでよろしいですか」

「はい……」

訊かれて、伊助も快感に幹を震わせながら小さく答えた。

菊乃は錐揉みにしたり、亀頭を擦ったり、様々な愛撫を試してくれた。

すると快感が高まり、鈴口から粘液が滲みはじめた。

菊乃は指の腹で拭うように、ヌラヌラと先端を擦ってくれたが、やがて顔を寄せると、自分から舌を這わせはじめてくれたのだった。

「ああ……、菊乃様……」

伊助は驚いたように喘ぎ、股間に美女の熱い息を感じながら絶頂を迫らせていった。

あるいは口でするなど初めてのことだろう。菊乃は熱い鼻息で恥毛をくすぐりながら、上気した頬をすぼめて吸い付いてきた。

舌の蠢きも、最初はためらいがちだったが、次第にクチュクチュと激しくからみつくように蠢き、肉棒全体が生温かな唾液にまみれた。

やはり身分による抵抗感やためらいなど、淫気の高まりの前では吹き飛んでしまい、誰に教わるでもなく、自然に誰もがこうした行為をしてしまうものなのだろう。

快感に思わず股間を突き出すと、菊乃も喉を突かれながら顔を前後させ、濡れた口でスポスポと強烈な摩擦と吸引を行ってくれたのだ。

「き、気持ちいい……」

伊助は、急激に昇り詰めて口走った。

何しろ折り目正しく凛然とした武家女の口に、快感の中心が捉えられているのである。

「い、いけません。菊乃様……、ああッ……！」

彼は喘ぎながら身を震わせ、大きな快感とともに、とうとう菊乃の喉の奥に大量の精汁をほとばしらせてしまった。

「ク……」

菊乃が微かに眉をひそめて呻き、それでも熱く勢いの良い噴出を受け止めてくれた。

伊助は奥歯を食いしばって快感を嚙み締め、武家の美女の口を汚す禁断の快感に身悶えながら、最後の一滴まで出し尽くしてしまった。

すっかり満足して強ばりを解くと、菊乃も吸引と舌の蠢きを止め、亀頭を含んだまま口に溜まった精汁をゴクリと飲み込んでくれた。

「あう……」

嚥下(えんげ)とともに口腔がキュッと締まり、彼は駄目押しの快感に呻いた。すると菊乃は不味(まず)そうにもせず、うっとりした表情で、ようやくスポンと口を離した。

そして幹を握ると、鈴口から余りの雫が滲み、それも彼女はヌラヌラと舌を這わせて丁寧に舐め取ってくれたのだった。

「あうう……、も、もう結構です……」

伊助は呻き、過敏に反応しながらクネクネと腰をよじった。

菊乃も舌を引っ込めて息をつき、伊助が呼吸を整えると、二人でもう一度身体を流してから湯殿を出た。

互いに身体を拭いて身繕いをすると、再び座敷に行って、今度は武家の礼法を徹底的に教わった。

「辞儀をするときは、畳に両手を突いて、両の親指と人差し指で出来た三角に鼻を押し込むように。尻は上げず背中に物差しを入れたように真っ直ぐ、両肘が畳に着くまで」

情交などなかったかのように菊乃は厳しく躾けたが、それでも心なしか声音も和らいで彼への愛情が感じられはじめていた。

伊助も、袴に脇差を帯び、言われた通り辞儀の仕方から、殿に拝謁したときの作法、膝行による前後の移動も叩き込まれた。

もちろん覚えの良い伊助は、一度教われば完璧に作法を身につけた。

「そして言葉遣いです。十右衛門殿は義父上。真紀は義姉上と呼ぶのですよ」

「はい」

伊助が答えると、菊乃は彼を仏間へ招き、縁あって養子になったことを川田家の先祖代々に挨拶させた。

やがてその日は暮れ、十右衛門が藩邸から帰宅してきた。

「義父上、お帰りなさいませ」

「おお、良い男ぶりだの」

伊助が出迎えると、十右衛門も満足げに言った。一人娘が出来ただけで妻を失ったから、新たに息子が出来て嬉しげだった。

菊乃が夕食の仕度をしてくれ、伊助も十右衛門が箸を付けてから食事をした。

そして、その日はそれで寝た。菊乃も泊まり込んでいるが、むろん夜には何もなく、伊助も武家の屋敷で緊張するかと思ったが、あれこれ考えることもなく、ぐっすり眠ってしまったのだった……。

――翌日、また十右衛門が出仕すると、入れ替わりに来た者があった。

「当藩剣術指南役、上杉美久」

凛とした声が響いた。

見れば、長い髪を眉が吊るほど後ろで引っ詰め、袴に大小を帯びた男装の女丈夫ではないか。

二十歳ばかりで剣術指南役と言うからには、相当な手練れなのだろう。颯爽たる長身で眉が濃く、切れ長の目がきつく、値踏みするように伊助を睨んだ。

「川田伊十郎こと、伊助にございます」

伊助が玄関で平伏して答えると、

「上がらぬ。大刀を持ち、すぐ庭へ」

美久が言って庭へと回った。

伊助は刀架から大刀を右手に持ち、縁側から庭へ降りた。すると菊乃が出てきて、美久に辞儀をした。

「では、私は中屋敷へ参りますので、あとはよろしく」

「はい。行ってらっしゃいませ」

菊乃が言うと、美久も頭を下げて言った。すぐに菊乃は出ていき、伊助は菊乃以上に恐ろしげな女武芸者と二人きりになった。

「刀を帯びよ。姫の許婚とはいえ容赦はせぬぞ」

美久が言う。刀の扱いを一から教えるからには、美久もまた伊助の素性を知る一人なのかも知れない。

「はい、よろしくお願い致します」

伊助も折り目正しく言い、大刀を腰に帯びて美久に対峙(たいじ)した。

第三章　女丈夫の剣と色の指南

一

「左親指で鯉口(こいぐち)を切り、右手は下から、このように持って抜く」

美久が言い、スラリと抜刀して手本を示した。

伊助も同じように抜くと、さすがに鞘ごと持つよりも重みが増した。鉄の棒の端を持って前に向けたのだから無理もない。

「左手をこのように添え、鷲掴みにせずやんわりと、小指のみに力を入れるように。切っ先は相手の喉元、これが青眼(せいがん)の構えだ」

「はい」

言われるまま、伊助も切っ先を正面の美久の喉元に向けた。武士に刃物を向けるのは失礼だが、美久も彼を武士として扱ってくれている。

「そのまま真上へ、これが上段。左足を出す、これが左上段。これが八相、これは脇構えだ」

美久が、次々に構えを変え、伊助もそれに倣(なら)った。

彼は持ち前の能力で、瞬時に相手の拳の位置や刀身の傾きを見極め、同じように構えることが出来た。

「よし。では青眼に戻り、右足を踏み出しながら真っ向から振り下ろす」

美久が刀を振ると、ピュッと風を切る音が鋭く響いた。

続いて伊助が振ると、音はせず、彼女のようにピタリと止まらない。

「刃筋が通っていないから音がせぬ。小銭を糸で垂らして静止させ、その糸を縦に裂くように真っ直ぐ。止めるときは指で柄を絞るように」

もう一度美久が手本を示し、伊助が続くと、今度はピュッと音がしてほぼピタリと止めることが出来た。

「おお、上出来。では八相から袈裟(けさ)に」

美久が言って斜めにピュッと斬り下ろすと、今度は伊助も一発で風を切る音をさせ、彼女と同じ角度でピタリと止めることが出来た。

すると美久が、驚いたように目を見開いた。

「いいだろう。では納刀。左手で鯉口を握り、指一本前に出し、峰を指で挟むように当てて滑らせる。こうだ」

美久が刀を納めると、伊助もぎこちなく峰を滑らせ、切っ先が鯉口に届くと角度を変えてパチリと納めた。

「手元を見ぬように。無闇に鍔鳴りさせず、納めたら左親指を鍔にかける」

「はい」

「では、もう一度抜刀して青眼」

美久が言い、今度は自分は刀を抜かず、彼のする様子を見た。

伊助も、さっきより滑らかに抜き放って青眼に構えた。

「八相。脇構え、左上段、青眼に戻って斬り下ろし。八相から袈裟斬り」

美久が次々と言うが、伊助は迷いなく言われるままの構えをして、ピュッと振り下ろした。

「納刀」

言われて、今度は伊助も抜刀と同じぐらい滑らかに刀を鞘に納めた。一度目で峰の長さを身体に覚え込ませ、もう切っ先も見ずに鯉口に入れることが出来たのだった。

「ふむ……、さすがに覚えが早い」

美久は、怒鳴る機会もなく感嘆して言った。

「では大刀を縁側に」

彼女は言って大刀を鞘ぐるみ抜いて縁側に置き、伊助も同じようにした。

すると美久は、持ってきた袋竹刀を出し、一振り(ひとふ)りを彼に渡してきた。

袋竹刀は、ササラになった竹を皮袋に包んだ稽古用の得物で、痛いが骨折するほどではなく防具も使用しない。

「では青眼。さっきのように真っ向から振って面を打ち、袈裟で肩を打つ。そして小手に胴」

美久は言い、試しにピシッと彼の面や小手、肩や胴を打った。

「つ……！」

だいぶ手加減されているが、伊助は痛みに顔をしかめた。

「よし。ではお前も好きなように打ってきて良い」

美久が言って構えを解き、一歩下がって礼を交わした。

そして互いに青眼。

（うわ、面に来る……）

伊助は、さっき打たれたときと同じ彼女の筋肉の動きを感じていち早く右へ飛んだ。

「え……？」

空を切った美久が声を洩らし、慌てて彼の方に切っ先を向け直した。

（今度は小手か……）

美久の足と肩の動きを見て、伊助は瞬時に察し、先に面に打ち込んだ。

しかし美久は難なく頭上でかわし、そのまま弧を描いた物打ちが彼の横面に炸裂していた。

「うわ……」

打撃に声を洩らしたが、なるほど、あのようによけて反撃するのかと思った。

やはり得物を振るう速さが段違いだから、少々の攻撃では軽く受けられてしまうのだろう。

さらに美久が攻撃を仕掛けてきたので、伊助は辛うじて受け、真似をして半円を描いた物打ちを彼女の横面へ飛ばした。

「おう、その意気」

またもや美久は受け止め、また攻撃してきた。

しかし動きを読んだ伊助は、それを受け止め、すかさず反撃。だが、さすがに美久は彼の切っ先をかすらせることもなく、やがて疲れた彼の小手にピシリと物打ちを打ち付けた。

思わず彼は、ガラリと得物を落とした。

「よし、それまで」

美久が構えを解いて言うので、伊助も慌てて得物を拾い、ほっとして礼を交わした。

「お前、見所があるぞ。私の打ち込みをあそこまで避けられるなら、そこらの若い藩士たちより強くなる。今まで武芸は？」

「め、滅相も。鍬（くわ）と鎌しか持ったことはありません……」

息を切らして答え、打たれた右小手と横面を擦った。

「よし、中へ」

美久は言って井戸端で手を洗ったので、伊助も同じようにし、手を拭きながら一緒に縁側から上がり込んだ。

大刀を刀架に戻すと、美久が立ったまま迫った。

「今度は組み討ちだ。戦場で刀が折れたら、柔の術で倒して首を斬る」

美久が言い、互いに脇差だけは帯びたまま対峙した。

「さあ、強くなるためでなく、武士として身を以て知らねばならぬ。来い！」

彼女が両手を広げたので、伊助も観念して夢中で組み付いていった。

しかし子供同士の相撲一つ取ったことのない彼だから、たちまち美久に腰を抱えられ、見事に一回転して投げ付けられていた。

「わ……！」

畳に仰向けになると、そのまま美久ものしかかり、脇差で彼の首を掻き斬る動作をした。

甘ったるい汗の匂いと、近々と迫った口から発せられる湿り気ある甘い息を感じ、たちまち伊助は力が抜けてしまった。

美久の息は火のように熱く、白粉臭だった菊乃とは違い、花粉のような妖しく艶めかしい刺激が含まれていた。

「どうだ」

「ま、参りました。どうか、もうご勘弁を……」

組み伏せられながら苦しげに答えると、美久の鼻の頭からポタリと汗が滴り、伊助の唇を濡らした。

思わず舐めると、うっすらとした味わいがあった。

「お前、もうお二人としたのか」

美久が、さらに顔を寄せて熱く甘い息で囁いてきた。

怖い眼で睨まれると、菊乃の時のように無垢を装うことも出来ず、彼は小さく頷いていた。

「やはりそうか。多情なお二人だし、してもいない相手を夫にとは思わないだろうな」

美久は、真紀や菊乃などよりも、もっと深い部分で姉妹をよく知っているようだった
「この幸せ者めが。だがあのお二人を相手にするとなると、生半可な淫気では勤まらぬぞ。この私に勃つぐらいでないと。どうだ、私と出来るか」

美久が囁き、袴の上から彼の股間に触れてきた。

すると、もう剣術も柔も終わったという安堵感と、濃厚な汗の匂いに包まれ、彼女の愛撫を受けながらムクムクと勃起してきてしまった。

「おお、勃つか。ならば、お二人の夫となる男を味見させて欲しい」

言うなり美久が身を起こし、彼の手を引いて立たせた。

「部屋はどこか」

「こちらです……」

言われて、彼は美久を自分の部屋に案内した。

「床を延べよ」

彼女が言って脇差を置くと、すぐにも袴の紐を解きはじめたのだった。

二

たちまち一糸まとわぬ姿になった美久が言い、伊助も布団(ふとん)を敷いて全裸になり仰向けになった。

「どうされたい」

「美久様の足を、私の顔に……」

「邪鬼のように踏まれたいか。姫の夫となれば出来ぬが、今なら良いだろう」

言うと美久も応じてくれ、彼の顔の横にスックと立った。

見上げると、さすがに鍛えられた肉体は他の女たちとは違っていた。肩も二の腕も逞しく筋肉が発達し、長い脚も実に頑丈そうだった。

その彼女が片方の足を浮かせ、壁に手を付いて身体を支えながら、そっと足裏を伊助の顔に乗せてきた。

大きく逞しい脚は生ぬるく湿り、彼はうっとりと感触を味わいながら踵から土踏まずまで舌を這わせはじめた。

「ああ、くすぐったい……」

美久が息を震わせ、打って変わってか細い声で喘いだ。

頑丈だから微妙な愛撫など蚊が刺すほどにも感じないだろうと思ったが、案外に敏感なようだった。

太く長い足指の間に鼻を割り込ませて嗅ぐと、汗と脂に湿ったそこは、他の誰よりも濃く蒸れた匂いが沁み付いていた。

心地よく鼻腔を刺激されながら爪先もしゃぶり、順々に指の間に舌を挿し入れて味わった。

舐めながら見上げると、美久は小刻みに膝を震わせ、真上に見える陰戸も相当にヌラヌラと潤っているのが分かった。

しゃぶり尽くすと、美久は自分から足を交代し、伊助はもう片方の足も味と匂いを存分に堪能したのだった。

「どうか、跨いで下さい……」

真下から言うと、美久もためらいなく彼の顔の左右に足を置き、長い脚を折り曲げてゆっくりしゃがみ込んできた。

脛には男のように体毛があって野趣溢れる魅力があり、完全に厠に入った格好になると、脹ら脛と内腿がムッチリと張り詰めた。

鼻先に迫る陰戸は、僅かに陰唇が開いて濡れた柔肉が覗き、菊乃より大きなオサネが光沢を放ってツンと突き立っていた。

奥では膣口の襞が入り組み、白っぽく濁った淫水もネットリと妖しくまつわりついていた。

彼は柔らかな茂みに鼻を埋め込み、腰を抱き寄せて割れ目に唇を押し付けた。

恥毛の隅々には、甘ったるい濃厚な汗の匂いが沁み付き、下の方にはほのかな残尿臭も悩ましく入り混じって鼻腔を刺激してきた。

伊助は男装美女の濃い体臭で胸を満たし、舌を這わせていった。

陰唇の表面は、汗かゆばりか判然としない微妙な味わいがあり、奥へ行くとやはり淡い酸味のヌメリが感じられた。

息づく膣口を舐め回し、オサネまで舌を這わせていくと、

「ああ……、気持ちいい……」

美久がうっとりと喘ぎ、さらに上からギュッと割れ目を押し付けてきた。

伊助はチロチロと弾くようにオサネを舐め回し、チュッと吸い付いた。

「あう……、もっと強く……、噛んでも良い……」

美久が呻き、さらに多くの淫水を漏らしてきた。

そっと前歯でオサネを挟み、コリコリと刺激しながら舌を舐め回すと、

「アア……、いい……」

彼女が引き締まった腹をうねうねと波打たせて喘いだ。

やはり過酷な稽古に明け暮れているから、痛いぐらいの刺激の方が良いのかも知れない。

伊助は舌と歯で愛撫をし、さらに尻の真下に潜り込んでいった。

谷間の蕾は、やや突き出た感じが艶めかしかった。日頃から稽古で力んでいるせいか、美女の秘密を握ったような気になった。

彼は顔中にひんやりする双丘を受け止め、蕾に鼻を埋め込んで秘めやかな匂いで鼻腔を刺激され、舌先でくすぐるようにチロチロと舐め回し、さらにヌルッと潜り込ませた。

「く……！」

美久が呻き、肛門でモグモグと味わうように舌先を締め付けてきた。

伊助は舌を蠢かせ、充分に滑らかな粘膜を味わい、再び濡れた陰戸に戻っていった。

顔に座り込まれていると、柔で組み伏せられるよりずっと心地よく、強く美しい女武芸者の匂いと温もりを心ゆくまで味わった。

淫水の量は格段に増し、伊助は生ぬるいヌメリをすすりながら、大きなオサネにも吸い付いた。

「も、もう良い……」

やがて美久が声を上ずらせて言うなり、ビクッと股間を引き離してきた。

このまま果ててしまうのを惜しむようで、すぐにも移動して彼の股間に顔を寄せていった。

大股開きの真ん中に腹這い、美久は熱い息で肌をくすぐりながら内腿にキュッと歯を立ててきた。

「あう……、気持ちいい……」

伊助は甘美な刺激に呻き、勃起した肉棒を震わせた。

美久は左右の内腿を嚙み、さらに彼の両脚を浮かせ、尻の丸みにも頑丈な歯を食い込ませた。そして強烈な愛撫をしてから、谷間の肛門に舌を這わせてきたのである。

「アア……、美久様……」

チロチロと肛門を舐められ、さらにヌルッと潜り込むと、伊助は申し訳ないような快感に喘ぎながら美久の舌を締め付けた。

彼女が厭わず内部で舌を蠢かせると、内側から刺激されるように一物がヒクヒクと上下した。

やがて脚を下ろすと、美久はそのままふぐりに舌を這わせた。

二つの睾丸を舌で転がし、袋全体を生温かな唾液にまみれさせると、いよいよ肉棒の裏側を、根元から先端に向かってゆっくり舐め上げてきた。

先端まで来ると、舌先で粘液の滲む鈴口を念入りに舐め回し、さらに張りつめた亀頭にしゃぶり付いた。

「ああ……」

伊助は快感に喘ぎ、下腹を波打たせて快感を高めた。

美久もスッポリと根元まで呑み込み、頰をすぼめて吸い、舌をからめてきた。

しかし彼が暴発する前に、美久は深々と含んで吸いながらスポンと引き離し、すぐにも身を起こしてきた。

伊助の股間に跨がり、唾液に濡れた先端に割れ目を押し付け、息を詰めてゆっくり腰を沈めてきたのだ。

彼自身は、ヌルヌルッと肉襞の摩擦を受け、滑らかに根元まで陰戸に没していった。

「アアッ……、感じる……」

完全に座り込むと、美久が顔を仰け反らせて喘ぎ、密着した股間をグリグリと擦りつけてきた。中は熱く濡れ、締まりもきつく、伊助も温もりと感触を味わいながら高まっていった。

美久が上体を起こしたまま身じろぐたび、引き締まった腹部が妖しくうねり、それほど豊かではなく張りのある乳房が弾んだ。

これで交接したのは四人目となってしまったが、全員が武家女で、しかもそれぞれの匂いも味も感触も微妙に異なっていた。

実に、恐いほどの女運が一気に押し寄せているのだ。

伊助は自身の運命に戦きながら、やがて身を重ねてきた美久にしがみついた。

「乳を……」

すると美久が息を詰めて言い、伸び上がるようにして伊助の口に乳首を押し付けてきた。彼も含んで吸い付き、執拗（しつよう）に舌で転がしながら顔中で乳房の感触を味わった。

乳首はコリコリと硬くなり、じっとり汗ばんだ胸元や腋からは、生ぬるく甘ったるい匂いが悩ましく漂ってきた。

もう片方にも吸い付き、舌先で弾くように舐めていると、

「ああ……、嚙んで……」

美久が喘ぎながらせがんだ。

伊助も軽く歯を立てて刺激し、左右交互に愛撫すると、膣内の収縮と潤いが増していった。

やがて彼女が乳首を引き離したので、伊助は腋の下に顔を埋め、汗に湿った腋毛に鼻を擦りつけて濃厚な体臭に噎せ返った。

充分に嗅いで酔いしれると、上から美久がピッタリと唇を重ねてきた。

柔らかな唇が密着して、甘い刺激の息が鼻腔を掻き回し、さらにヌルリと長い舌が潜り込んだ。

「ンン……」

美久が熱く呻きながら執拗に舌をからめ、伊助も美女の唾液と吐息に酔いしれながら、無意識にズンズンと股間を突き動かしはじめてしまった。

すると彼女も、突き上げに合わせて緩やかに腰を遣い、艶めかしい摩擦を繰り返してくれたのだった。

三

「ああ……、いい気持ち……、いきそう……」

美久が口を離し、腰の動きを速めながら喘いだ。

伊助も両手でしがみつきながら股間を動かし、ピチャクチャと鳴る卑猥な摩擦音に高まった。粗相したように大量のヌメリが律動を滑らかにさせ、二人はほぼ同時に高まっていった。

「い、いく……！」

先に伊助が我慢できずに口走り、大きな絶頂の快感に激しく全身を貫かれてしまった。

同時にありったけの熱い精汁をドクドクと勢いよく内部にほとばしらせると、

「ああーッ……！」

噴出を感じた途端に美久も気を遣って声を上げ、ガクンガクンと狂おしい痙攣を開始した。

締め付けが最高潮になり、伊助は溶けてしまいそうな快感の中で射精し、心置きなく最後の一滴まで出し尽くしていった。

やがて満足しながら突き上げを弱めてゆき、美久の重みを受け止めながらグッタリと身を投げ出すと、

「アア……、良かった……」

美久も声を洩らし、肌の強ばりを解きながら力を抜いてもたれかかってきた。

まだ膣内の収縮は繰り返され、射精直後の一物が過敏に内部でヒクヒクと跳ね上がった。

「あう……」

美久が感じすぎるように呻き、さらにキュッときつく締め上げてきた。

伊助は大柄で頑丈な美女の重みを受け止め、熱く甘い息の匂いに酔いしれながら、うっとりと快感の余韻に浸り込んだ。

「とっても良かった。確かに、お二人好みの男だ……」

美久が、荒い呼吸を繰り返して言う。

どうやら、姉妹と深く関わってきた彼女のお墨付きももらえたようだ。

それに美久は、誰より武士であることに拘っていそうなのに、彼の素性など全く気にしていないふうが感じられ、それも有難かった。

この藩は、皆こうした気風があるのかも知れない。

あとは伊助自身が戸惑いを乗り越え、武家の暮らしに慣れれば万事が治まるのではないだろうか。

「湯殿（ゆどの）へ行こう」

やがて美久が股間を引き離して言い、彼を抱き起こした。伊助も立ち上がり、二人とも股間の処理もせず全裸で湯殿に移動した。

風呂桶に溜められていた水を浴びて汗を流し、股間を洗った。

「ね、美久様。お願いが……」

「何か」

「女がゆばりを放つところを見てみたいのですが……」

伊助は、かねてからの願望を口にしてしまった。

もちろん小夜や照姫、菊乃の放尿も見たいが、剛胆な美久ならすぐ応じてくれそうな気がしたのである。

「なに……、良いだろう……」

美久は意外なほどためらいなく頷いてくれ、伊助の方が驚くほどだった。

「どのようにしたら良いか」

「では、このように……」

伊助は木の椅子に座ったまま、目の前に美久に立ってもらった。そして片方の足を風呂桶のふちの乗せさせ、開いた股間に顔を寄せた。

「こうした方が良いか」

美久は何と、大胆にも自ら指で陰唇を目いっぱい左右に広げてくれた。

柔肉と膣口が丸見えになり、その艶めかしさに伊助はムクムクと回復しながら顔を押し付け、舌を挿し入れて掻き回した。

「あ……」

美久も再び喘ぎ、ヒクヒクと下腹を波打たせながら息を詰め、力を入れて尿意を高めてくれた。尿口あたりを舐め回すと、淡い酸味のヌメリが舌の動きを滑らかにさせた。

「で、出そう……」

と、美久が息を詰めて言うと、その柔肉が迫り出すように盛り上がり、味わいと温もりが変化してきた。

そしてポタポタと温かな雫(しずく)が滴ったかと思うと、すぐにチョロチョロとした一条の流れとなっていった。

伊助は舌に受け、口に広がる香りに酔いしれながら夢中で味わった。

「アア……」

美久は息を震わせながら彼の頭に手をかけ、次第に勢いよく放尿をはじめた。

溢れた分が胸から腹に温かく伝わり、回復した一物を心地よく浸してきた。

味と匂いは淡いもので、喉に流し込むにも抵抗が無く、すんなり受け入れられることが嬉しかった。

しかし急激に勢いが衰え、出し切ると再びポタポタと雫が滴るばかりとなり、やがて淫水が混じってツツーッと糸を引くようになった。

伊助は残り香を味わいながら再び舌を挿し入れ、余りの雫をすすった。

それでも新たな蜜汁が溢れて、すぐに残尿は洗い流され、淡い酸味のヌメリが満ちていった。

「も、もう良いだろう……」

また感じはじめたようで、美久が言って脚を下ろした。

伊助も顔を引き離すと、また二人で身体を洗い流して湯殿を出た。

一物は回復しているが、美久は身体を拭くと身繕いをし、伊助も仕方なく着物と袴を着けた。

「これから道場へ行く。また少し経ったら剣術と柔を教えに来る」

「分かりました。お願い致します」

美久が言い、大刀を持って立ち上がった。剣術と柔の稽古はあまり有難くないが、この分ならまた情交になることだろう。

やがて美久が帰ると、まるで見計らったように真紀が来たのだった。

四

「あ、義姉上、お帰りなさいませ」

「まあ、どこの若侍かと思いましたが……」

伊助が出迎えると、真紀は目を丸くし、武士の姿になった彼を見つめて言った。

どうやら、中屋敷には菊乃がいるので、彼女は十右衛門の夕餉(ゆうげ)の仕度で入れ替わりに戻ってきたようだ。

「そう、私に義弟が出来たのですね……」

「はい、義父上からは大小を戴き、菊乃様には髷(まげ)を結ってもらいました。そして美久様には剣術を」

「良くお似合いです。では、年内いっぱいの半月余りですが姉弟仲良く致しましょう」

「では、当家のことなど色々お伺いしたいのですが」

言うと、真紀も頷いて彼の部屋に来て座った。まだ日も高いので、夕餉の仕度にはだいぶ猶予(ゆうよ)がある。

そして真紀は、江戸詰である川田家の地位や家柄を話してくれた。

ほぼ、伊助が思っていたように中程度の位で、十右衛門は穏やかで人望もあるが野心はなく、ごく平凡な家柄であった。

十右衛門の妻、真紀の母親は彼女を産んで間もなく病死し、しばらくは親戚の女たちが入れ替わりで子育ての面倒を見てくれたが、彼は後添えをもらわなかったようだ。

あとは、真紀に良い婿が来れば、十右衛門は悠々自適の暮らしに入るらしい。

「分かりました。有難うございます」

「伊十郎殿の家は？」

「年が明けるまでは、まだ伊助とお呼び下さいませ」

「そうですね。では伊助」

真紀も、十の字が付くと父を思い出し決まりが悪いようだ。そして伊助と呼び捨てにするのも、面映ゆそうに頬を染めて実に可憐だった。

「八百源の奉公は一年余り。それ以前は深川の外(はず)れの小さな農家で畑仕事ばかりでした」

「でも、色白で腕も細いようですが」

「私は、三人も兄のいる末っ子ですので、おかずの取り合いに負けてばかりでしたから」

「まあ……」

真紀は口に手を当て、クスリと笑った。

やがて互いの家のことを話し合い、やはり真紀も彼の素性は気にならないようだった。

しかし、なぜこのような急な話になり、いきなり義弟が出来たのかということは気になるようだ。

「一昨夜、姫様のお部屋で何をお話になったのでしょう」

真紀が訊いてきた。

あの夜、伊助を照姫の部屋まで案内すると、真紀はそのまま自分の部屋に戻って寝てしまったようだ。だから伊助が照姫と情交したなどということは、夢にも思っていないらしい。

「はい、小夜様と照姫様の心が通じ合っていることはご存じですね？」

「ええ、不思議なことですが」

「私は月光寺の手習いで、小夜様とご一緒でした。その頃から私にご好意を寄せられていたらしく、その思いが姫様にも伝わっていたようで、すぐにも婚儀のお話を持ちかけられたのです」

伊助は、また無垢を装って言い、あの夜は照姫との話し合いだけということで通した。

「むろん戯れと思っていましたので、翌朝あらためて皆に言われたときは、たいそう度肝を抜かれました」

「ええ、私も健やかな身体かどうか検分しろと命じられただけで、朝になりそのようなお話とは知らずに驚きました」

「そして冗談ではなく、私はこうして武士の姿に……」

伊助は話しながら、目の前にいる可憐な真紀にムラムラと淫気を湧かせ、激しく勃起してしまった。

何しろ美久と情交したあと湯殿で回復したのに、彼女が帰ってしまったから、どうにも股間が熱く我慢できないほどになってしまったのだ。

以前なら我慢するしかなかったのだが、この三日間で多くの美女を相手にし、すっかり自身の心が淫気に正直になってしまったらしい。

真紀は彼より一つ年上の十九歳だが、何しろ伊助が初めて接する可憐な生娘である。

顔立ちは整い、時に笑窪が浮かび、胸も尻もムチムチと張りを持ちはじめ、それが淑やかな彼女には恥ずかしいらしく、湯殿でも脚を見せてモジモジしていたものだった。

「そこで、義姉上にお願いがございます」

伊助は、思いきって言ってみた。

「何でしょう」

「姫様と同時に、小夜様も同じ家でともに暮らすようです。どうやら二人でお一人の方々ですし、しかも奔放なご性格のようですから、私は多くの求めに応じねばなりません」

「そ、それは、夜の営みのことですか……」

真紀が、すぐにも反応して、身構えるように居住まいを正した。

「はい。私は何も知らず、姫様たちに失礼があってはなりません。一昨日、義姉上もご覧になったように、私はすぐ一物が硬くなってしまいますが、女の身体がどういうものか分かりませんので」

「まさか、私に裸になれと……」

真紀が察し、警戒するように表情を硬くした。

「他にお願いできる方がおりません。こうして不思議なご縁で姉弟となりましたので、姫様のためお家のために、私がいざというとき戸惑わぬよう、今度は私が検分させて頂きたいのですが」

「き、姉弟でそのようなことは致しません……」

「いえ、姉弟だからこそ秘密を守り、余人の手を煩わせずに済みますので」

伊助が平伏して懇願すると、

「しかし……、いえ、確かに菊乃様などにお願いするわけにもいきませんでしょうし……」

真紀は迷いはじめた。

「どうかお願い致します……」

「で、では、姉として私の言うことを聞きますか。私が嫌ということは決してせぬと」

真紀が、意を決して言った。羞恥と緊張に、甘ったるい汗の匂いが感じられるほどだった。

「もちろんです。義姉上に狼藉など決して致しません。ただ女の身体がどういうものか、つぶさに拝見できれば良いのですから」

伊助は勃起しながら言い、立ち上がって床を敷き延べてしまった。

「どうか、お脱ぎになってここへ横に」

「わ、分かりました。くれぐれも二人だけの秘密ですよ……」

言うと真紀も決心してくれ、声を震わせながら立ち上がり、帯を解きはじめてくれた。

震える指でシュルシュルと帯を解き放ち、姫君のためと自分に言い聞かせながら着物を脱いでいった。

「私も、股間が突っ張って痛いので脱ぎます」

「好きになさい……」

伊助が言うと、真紀も承知してくれた。自分だけ脱ぐのは、相当に恥ずかしかったのだろう。

彼は手早く袴と着物を脱ぎ、襦袢（じゅばん）と下帯まで取り去って全裸になった。

真紀も腰巻を脱ぎ去り、布団の端に座って半襦袢をモジモジと脱いで一糸まとわぬ姿になり、ノロノロと横たわった。

「義姉上、少しだけ甘えさせて下さいませ……」

伊助は添い寝して言い、真紀に腕枕してもらった。

実際、実家はむさ苦しい兄たちばかりだったから、姉がいたらと何度も思っていたのだ。

もっとも長兄の妻も義姉になるが、不器量で好みではなく、さすがの伊助も手すさびの妄想でお世話になったことはなかった。

「ああ……」

横から肌が密着すると、彼女は声を震わせ、甘ったるく濃厚な汗の匂いを揺らめかせた。

腋の下に鼻を埋めると、和毛(にこげ)は汗に生ぬるく湿り、生娘の体臭が鼻腔を悩ましく刺激してきた。目の前では無垢な乳房が息づき、乳輪も初々(ういうい)しい薄桃色をしていた。

「お乳に触れますので……」

興奮を抑えて囁き、伊助は義姉の腋汗の匂いで胸を刺激されながら、そっと乳房に手を這わせた。

「う……」

真紀が息を詰めて緊張し、ビクリと無垢な肌を震わせた。

豊かになりそうな兆しのある膨らみを優しく揉みしだくと、柔らかさの中にも生娘らしい硬さも感じられる気がした。

顔を移動させてそっと含み、舌で転がすと、

「あう……」

真紀は懸命に歯を食いしばって喘ぎを押さえ、くすぐったそうにクネクネと身悶えた。

そのたびに可憐な体臭が漂い、伊助は甘美な悦びでうっとりと胸を満たした。

顔中で膨らみの感触を味わい、もう片方にも優しく吸い付いて舐め回した。

真紀は可哀想なほど息を詰めて声を嚙み殺し、少しもじっとしていられないように身をよじり続けた。

「も、もう充分でしょう……」

堪えられなくなった真紀が言うと、伊助も乳首から離れ、スベスベの肌を舐め降りて股間へ移動していったのだった。

五

「では、どうか股を開いて下さいませ」

「アア……」

身を起こした彼が言い、脚を開かせると、真紀が熱く喘いで嫌々をした。

それでも伊助が真ん中に腹這い、きっちり閉じようとする両膝の間に顔を割り込ませていくと、やがて真紀も諦めたように、急にぐんにゃりと力が抜けてしまった。

大股開きにさせて、白くムッチリした内腿を舐め上げると、陰戸から発する熱気が顔を包み込んできた。

股間に目を遣ると、ぷっくりした丘には楚々とした若草がほんのひとつまみ煙り、割れ目からはみ出す花びらも実に小振りだった。

そっと指を当てて左右に開くと、生娘の神秘な膣口が息づいていた。

襞は花弁のように入り組んで美しく、小さな尿口も見え、包皮の下からは小粒のオサネも顔を覗かせていた。

他の女たちの陰戸と大きく変わるわけではないが、全体が可憐で実に初々しく清らかな印象だった。

「そ、そんなに見ないで……」

真紀が、彼の熱い視線と息を感じて声を震わせた。

「ここに入れれば良いのですね」

伊助は股間から言い、指先をそっと膣口に当てて浅く挿し入れた。

僅かながら潤いがあり、温もりとともに指先がキュッと締め付けられた。

もっと深くまで入れたいのを我慢して引き抜き、とうとう彼は我慢できず顔を埋め込んでしまった。

「あう、何をするのです……！」

真紀が驚いたように言い、言葉とは裏腹に内腿できつく彼の顔を締め付けた。

柔らかな若草に鼻を擦りつけ、隅々に籠もった熱気と湿り気を嗅ぐと、やはり甘ったるい汗の匂いに、ほのかなゆばりの匂いが混じって悩ましく鼻腔を掻き回してきた。

伊助は生娘の体臭でうっとりと胸を満たしながら、割れ目に舌を這わせていった。息づく膣口からオサネまで舐め上げていくと、

「アアッ……！」

とうとう真紀が熱い喘ぎ声を洩らし、ビクッと身を弓なりに反らせた。

ムッチリとした内腿は、何も聞こえなくなるほど彼の両耳をきつく挟み付け、白い下腹がヒクヒクと波打っていた。

彼がもがく腰を押さえるように抱え込み、チロチロとオサネを舐め続けると、いつしか割れ目内部にはネットリとした淡い酸味の蜜汁が満ちてきた。

「ああ……、駄目、そんなこと……、もう堪忍……」

真紀が激しくかぶりを振って喘ぎ、懸命に手を伸ばして彼の顔を股間から突き放そうとした。

伊助は彼女の腰を浮かせて白く丸い尻の谷間に潜り込み、可憐な薄桃色の蕾に鼻を埋め込んで嗅いだ。

顔中にひんやりした双丘が密着し、蕾に籠もった匂いが生々しく鼻腔を掻き回してきた。伊助は美しい義姉の恥ずかしい匂いを貪り、蕾に舌を這わせはじめていった。

息づく襞を舐めて濡らし、尖らせた舌先を潜り込ませてヌルッとした粘膜を味わうと、

「く……！」

真紀が呻き、キュッと肛門で舌先を締め付けてきた。

伊助は中で舌を蠢かせて味わい、ようやく陰戸に戻って新たな淫水をすすり、オサネに吸い付いた。

「ああーッ……！」

真紀が声を上ずらせて喘ぎ、反り返ったまま硬直してヒクヒクと痙攣した。

どうやら気を遣ってしまったようで、嵐が過ぎると失神したようにグッタリと力を抜いていった。

ハアハア喘いで放心している真紀の股間から、彼はようやく顔を引き離した。

そして伊助は彼女の脚を舐め降り、正体を失っている間に足裏を舐め、指の股の匂いを貪った。

爪先もしゃぶり、順々に舌を割り込ませて汗と脂の湿り気を舐めていった。

真紀は何をされているかも分からず、それでもたまにピクンと脚を震わせて反応した。

伊助は両足とも充分に味と匂いを貪り、再び添い寝していった。

喘ぐ口に鼻を押しつけると、渇いた唾液の香りに混じり、甘酸っぱい果実のような息の匂いが鼻腔を刺激してきた。

姉妹に似た匂いなので、あるいは二十歳前の女は可憐な果実臭が多いのかも知れない。

胸いっぱいに生娘の口の匂いを嗅いでから唇を重ね、潤いを与えるように舌を這わせた。唇の内側を舐め回し、滑らかな歯並びと引き締まった桃色の歯茎まで味わうと、

「アア……」

真紀は朦朧としながら喘ぎ、歯を開いた。伊助は舌を潜り込ませ、滑らかな舌を舐め、生温かな唾液のヌメリを味わった。

次第に真紀も無意識に、ヌラヌラと舌を蠢かせてくれた。

伊助は義姉の唾液と吐息を心ゆくまで味わい、やがて彼女の手を握って一物に導いた。

「……」

真紀は息を詰め、ビクリと手を引っ込めようとしたが、やがて好奇心が湧いたか恐る恐る指を這わせ、汗ばんで柔らかな手のひらに、やんわりと包み込んでくれた。

「ああ、義姉上、気持ちいい……」

唇を離し、仰向けになって身を投げ出すと、真紀も徐々に我に返りながらニギニギと動かしてきた。

「どうか、もっと顔を寄せて……」

言いながら彼女の顔を股間へと押しやると、真紀も素直に移動し、近々と一物に迫って、好奇に震える熱い息を吐きかけてきた。

そして幹を握り、張りつめた亀頭にも触れてきた。

さらに、ふぐりにも指を這わせて二つの睾丸を確認し、袋をつまみ上げて肛門の方まで覗き込んだりした。

「ああ……」

伊助は義姉の指の感触と、無垢な眼差しと息を感じて喘いだ。

「どうか、ほんの少しで良いので、お口で可愛がって下さい……」

言いながら真紀の口元に先端を突きつけると、彼女も嫌がらず、チロリと舌を伸ばして鈴口の粘液を舐めてくれた。

「アア……、いい気持ち……」

伊助がうっとりと喘ぐと、特に不味くなかったのと、彼の反応に突き動かされるように、真紀も亀頭をしゃぶってくれた。

やはり菊乃のように、体験がなくて武家であろうとも、こうした愛撫は自然に行えるものであり、人として至極真っ当なことなのだろう。

股間に熱い息が籠もり、真紀の口の中で舌が蠢き亀頭が刺激された。さらに股間を突き上げると、真紀もスッポリと根元まで呑み込み、温かく清らかな唾液にどっぷりと浸してくれた。

「ンン……」

先端がヌルッと喉の奥の肉に触れると、真紀が小さく呻き、さらに大量の唾液が分泌されてきた。

「い、いきそう……、もういいです、義姉上……」

急激に絶頂が迫ってくると、伊助は慌てて身を起こして言った。

すると真紀も素直にチュパッと口を引き離し、大胆な行為で力尽きたように再び仰向けになっていった。

彼は再び真紀の股間に身を置き、一物を構えて前進した。

「情交を試したいのですが、構いませんか……」

伊助は恐る恐る言いながら、期待に震える先端を濡れた陰戸に押し当てた。

真紀も、自分の言いつけを守れと言いつつ受け身に徹し、目を閉じて小さく頷いてくれた。

恐らく初めて舐められて気を遣り、真っ当な考えも出来ないほど朦朧となっているのだろう。

伊助もゆっくり膣口に挿入し、ヌルヌルッと幹を擦る肉襞の締め付けを味わいながら根元まで押し込んでしまった。

「あう……」

真紀が眉をひそめて呻き、キュッときつく締め付けてきた。伊助も股間を密着させて感触と温もりを味わいながら、義姉に身を重ねていった。

すると真紀が下から両手を回してしがみつき、彼も肌を重ねて生娘を女にした感激を嚙み締めた。

さすがに膣内はきつく、まだ彼はじっとしたまま胸で柔らかな乳房を押しつぶし、息づくような収縮に高まっていった。

上から唇を重ねると柔らかな感触が伝わり、甘酸っぱい果実臭の息が悩ましく鼻腔を刺激してきた。

舌を挿し入れ、滑らかな歯並びを左右にたどると、真紀も歯を開いて侵入を許してくれた。伊助はネットリと舌をからめ、美しい義姉の生温かく清らかな唾液を味わった。

「ンン……」

真紀もチロチロと舌を蠢かせ、熱く鼻を鳴らした。

興奮を高めた伊助は、様子を探るように徐々に股間を突き動かしはじめた。

「ああッ……！」

彼女が顔を仰け反らせ、口を離して喘いだ。鼻を押し込むと、口の中はさらに濃厚な果実臭が馥郁と籠もり、伊助は胸いっぱいに真紀の息を嗅ぎ、甘美な悦びに身体の芯が溶けてしまいそうだった。

それなりに淫水の量があるので、次第に律動は滑らかになり、クチュクチュと湿った摩擦音も聞こえてきた。

「痛くないですか……」

伊助が気遣って囁くと、真紀は健気に小さくこっくりした。

初回は、あまり長引いても辛いだろうから、伊助も長引かせず我慢しないことにした。

調子をつけて出し入れさせるうち、心地よい摩擦にたちまち高まり、そのまま伊助は昇り詰めてしまった。

「い、いく……！」

突き上がる快感に口走り、彼は熱い大量の精汁をドクンドクンと勢いよく内部に脈打たせ、深い部分を直撃した。

「アア……」

真紀が熱く喘いだ。これは快感を覚えたのではなく、嵐が頂点を迎え、終息に向かっていることを無意識に悟って安堵したのだろう。

伊助は快感を噛み締め、心置きなく最後の一滴まで出し尽くしていった。

そして満足しながら動きを止め、義姉にもたれかかっていった。

真紀も、すっかり破瓜の痛みは麻痺したようにグッタリと身を投げ出し、荒い呼吸を繰り返していた。

伊助は体重を預け、まだ収縮する膣内で断末魔のようにヒクヒクと幹を震わせて、初めて体験した生娘の感触を味わった。

そして義姉の甘酸っぱい息を間近に嗅ぎながら、うっとりと快感の余韻を噛み締めたのだった。

第四章　新造の花弁は熱く濡れ

一

「な、何かご用でございましょうか……」

伊助と十右衛門が、深川外れにある実家を訪ねると、長兄の宗吉が屁っ放り腰で出てきて言った。

「私です、伊助ですよ。兄さん」

伊助が言うと、まじまじと見ていた宗吉もようやく分かったようだ。

「い、伊助、か……。どうしたってんだ。そのなりは……」

宗吉が驚いて答え、奥から何事かと両親や兄嫁の福も出てきた。

「私は皆川藩士、川田十右衛門と申す。此度、伊助を私の養子にもらい受けたので、ご承服頂きたく」

「へ、へへーっ……、一体どうしてまた……」

立派な武士の挨拶に、また一同は平伏せんばかりに恐縮して頭を下げた。

「手習いで優秀と聞き及び、是非にも我が息子にと望んだ次第。失礼ながら、これはご縁を持った挨拶代わりに」

十右衛門は、菓子折と紙に包んだ十両ばかりの金を渡した。金は藩から出ているようだ。

十歳前後になる宗吉の息子たちは、藁打ちをしていた手を休めて菓子折に視線を注ぎ、滝も目を白黒させて十右衛門と伊助を交互に見つめていた。

不器量だが善良で、そんな様子が今の伊助には好もしく見えた。もし兄嫁が器量よしだったら、腰巻など拝借して抜きまくり、見つかるか何かして一悶着あったかも知れない。

「ど、どうかお上がりくださいませ。と言っても、これだけの家ですが……」

「いや、出仕せねばならぬので、ここで失礼を」

十右衛門が言うと、二親と兄夫婦も外へ見送りに出てきた。

「じゃ、また正月にあらためて来ますので」

「い、伊助、大丈夫なのかい。お武家なんかになって……」

「ええ、ご心配なく」

不安げに言う母親に笑顔で答え、やがて伊助は一同に辞儀をし、十右衛門とともに一家を辞した。

振り返ると、いつまでも皆が見送っていた。

そして家が見えなくなると、十右衛門はちょうど通りかかった空駕籠を拾って乗り込んだ。

「では、私は藩邸へ行く」

「はい。私は月光寺へ寄ってから戻りますので、では行ってらっしゃいませ」

頭を下げると義父も頷き、やがて走り去っていった。

それを見送ると伊助は道をそれ、月光寺へと立ち寄った。すると本堂脇の庫裡から子供たちの素読の声が聞こえていた。

どうやら小夜が子供たちに教えているらしい。彼もかつての自分を思い出し、懐かしい気持ちになった。

勝手口から訪うと、春恵尼が出てきた。

「まあ、ようこそ。すっかり武士らしくなりましたね」

「恐れ入ります。家へ挨拶に行った帰りですので、立ち寄らせて頂きました」

言うと彼女も快く迎え、伊助は彼女の部屋に呼ばれた。

「小夜さんは手習いの最中ですので」

「ええ、承知しております。今日は春恵様にご挨拶できればと思い」

「そうですね。年明けからずっと一緒に暮らせるのですから」

「まだ、私などがなぜ、という戸惑いでいっぱいなのですが」

伊助が言うと、春恵も透き通った笑みを向けた。

「男と女のことは、当人たちが良ければそれで丸く納まります。身分の釣り合いがあろうとなかろうと、駄目なときは駄目ですし、また二人きりでなく二人であろうとも、世間の枠に縛られることはありません」

「はい」

「ときに、二人とは情交したようですが、その後は？」

春恵が、いきなり際どい質問をしてきた。

「は、小夜様とも照姫様とも、一度きり。その後は養子縁組にかかりきり、お目にかかっていませんので」

「なるほど、そうでしたね。ではまだまだ女の身体のことを知っておいた方が良いでしょう」

春恵が言い、まさか彼が侍女の菊乃や剣術指南の美久、義姉の真紀としているなど夢にも思っていないらしい。

「まさか、春恵様がお教えくださるのですか……」

伊助は、期待に激しく胸を弾ませて訊いた。

「ええ、小夜さんのことを最も知るのは私ですので。ではお脱ぎを」

春恵は気軽に立ち上がって床を敷き延べ、自分も僧衣の帯を解きはじめた。

彼は思いもしなかった展開に息を弾ませ、大小を部屋の隅に置くと、手早く袴の紐を解いていった。

刻限からして、まだ手習いが始まったばかりの頃だから、当分は小夜も教えるのにかかりきりだろう。

それに小夜も年内で寺を出て尼を辞めてしまうので、子供たちへ教えるのも今のうちと思い、きっと熱が入っているに違いない。

春恵は僧衣を脱ぎ、みるみる透(す)けるように白い熟(う)れ肌を露わにしていった。

彼女は三十五歳で、元は武士の後家。伊助がここへ通っていた頃は、まだ手すさびも知らないので春恵を妄想することはなかったが、優しく厳しい彼女のことはずっと慕っていたものだ。

やがて伊助が全裸になって布団に横たわると、春恵も頭巾だけそのままに添い寝してきた。

色白の肌は豊満で気品があり、豊かな乳房は菊乃より大きく艶めかしかった。

腕枕してもらうと、目の前いっぱいに広がる膨らみが息づいていた。

「さあ、まずはお好きなように遠慮なく……」

春恵が囁き、菊乃に似た甘い白粉臭の吐息が感じられた。

そして伊助は、甘ったるい汗の匂いの籠もる腋の下に鼻を埋め込んで嗅ぎ、柔らかな腋毛に籠もった濃厚な体臭で鼻腔を満たした。

膨らみにも手を這わせ、指の腹でコリコリと乳首をいじり、やがて顔を移動させて乳首に吸い付いていった。

舌で転がしながら、顔中を膨らみに押し付けて感触と肌の匂いを味わうと、

「ああ……」

春恵がうっとりと声を洩らし、熟れ肌をうねうねと悶えさせはじめた。

彼女が仰向けになったので、伊助ものしかかるようにして、もう片方の乳首も含み、充分に舐めてから肌を下降していった。

形良い臍を舐め、腹部に顔を押し付けると心地よい弾力が返ってきた。

張り詰めた下腹にも舌を這わせ、腰骨からムッチリと量感ある太腿へ降り、さらに脚を舐め降りていった。

まさか神々しいほどの美女、春恵に触れられる日が来るとは夢にも思わなかったものだ。

伊助は興奮と感激に包まれながら足首まで行き、足裏に回って舌を這わせた。

春恵は彼が何をしてどこに触れようと拒まず、ただじっと身を投げ出し、熱い呼吸を繰り返しているばかりだった。

彼は足裏を舐め回し、指の間に鼻を押しつけて嗅いだ。

今まで足袋の内に籠もっていた熱気が湿り気とともに沁み付き、蒸れた匂いが鼻腔を刺激してきた。

やはり菩薩のように清らかな春恵でも、ムレムレの匂いを発していることが嬉しかった。伊助は充分に足の匂いを貪ってから、爪先にしゃぶりついて順々に指の股に舌を割り込ませて味わった。

「あう……」

春恵がビクッと足を震わせて呻き、彼はもう片方の足にもしゃぶり付いて味と匂いが薄れるまで堪能した。

両足とも味わい尽くすと、彼は春恵の脚の内側を舐め上げて股間に顔を進め、滑らかな内腿をたどっていった。

彼女も股を開いてくれ、惜しみなく神秘の部分を見せてくれた。

股間の丘には黒々と艶のある恥毛が茂り、丸みを帯びた割れ目からはみ出す陰唇は興奮に色づいて、すでに淫水が外にまでヌラヌラと溢れはじめているではないか。

指を当てて陰唇を広げると、さらに潤う柔肉が丸見えになった。

膣口は襞を震わせて息づき、ポツンとした尿口もあり、光沢あるオサネは小さな亀頭の形をし、やはり小指の先ほどの大きさで、包皮を押し上げるようにツンと突き立っていた。

伊助は堪らず、吸い寄せられるように顔を埋め込んでいった。

柔らかな恥毛に鼻を擦りつけると、甘ったるい汗の匂いが大部分で、ゆばりの匂いはほんの少し感じるだけだった。

割れ目内部を舐めると、やはり淡い酸味のヌメリが舌の動きを滑らかにさせ、膣口からオサネまでゆっくり舐め上げていくと、

「アアッ……」

春恵が顔を仰け反らせ、内腿で彼の顔を挟み付けながら熱く喘いだ。

伊助は、彼女が感じてくれるのが嬉しく、執拗に淫水をすすってはオサネを弾くように舐め、美女の体臭で心ゆくまで胸を満たした。

さらに彼女の脚を浮かせ、白く豊満な尻の谷間にも鼻を埋め込み、蕾に籠もる秘めやかな匂いを貪り、舌を這わせていった。

二

「あう……、くすぐったくて、いい気持ち……」

ヌルッと舌を潜り込ませると、春恵は呻きながら言い、キュッと肛門で伊助の舌先を締め付けてきた。

拒まれないのが嬉しく、彼は嬉々として美女の内部で舌を蠢かせた。

すると鼻先の割れ目からトロトロと大量の蜜汁が溢れ出し、伊助はそれを舐め取りながら、再びオサネに吸い付いていった。

「そう、そこが小夜さんも弱いところなのですよ。時に強く、あるいは優しく交互に吸ってあげて……」

春恵が言う。

なぜ彼女が小夜の弱い部分を知っているのか。あるいは尼寺の中、女同士で淫らに戯れたこともあるのではないかと思うと、舐めながら伊助の興奮も倍加してきた。

そして熱を込めてオサネを吸い続けると、

「アア……、も、もう堪忍……。今度は私が……」

春恵が言って、身を起こしてきたので、伊助も股間から這い出した。

入れ替わりに仰向けになると、春恵がのしかかり、彼の乳首に吸い付いて舌を這わせてきたのだ。

「ああ……」

伊助はビクリと反応して喘ぎ、美女の熱い息で肌をくすぐられて悶えた。

春恵もチロチロと左右の乳首を舐めて唾液に濡らし、綺麗な歯をキュッと立ててきた。

「く……、どうか、もっと強く……」

彼がせがむと、春恵も咀嚼（そしゃく）するようにモグモグと歯で刺激してくれた。

「アア……、気持ちいい……」

伊助は甘美な痛みと快感に喘ぎ、クネクネと腰をよじった。

やがて春恵の舌は下降してゆき、臍を舐め、下腹へ行きながら彼を大股開きにさせて、真ん中に腹這いになった。

美しい尼僧(にそう)の熱い視線を股間に受けると、何やら申し訳なく畏(おそ)れ多いような興奮に胸が震えた。

すると春恵は彼の脚を浮かせ、自分がされたようにチロチロと肛門を舐め回しヌルッと押し込んできた。

「あうう……、い、いけません、春恵様……」

伊助は畏れ多さに驚いて呻き、反射的にキュッときつく肛門で彼女の舌先を締め付けた。

春恵は厭(いと)わず内部で舌を蠢かせ、熱い鼻息でふぐりをくすぐった。

そして舌を抜くと脚を下ろし、ふぐりを舐め回して睾丸を転がし、いよいよ肉棒の裏側を舐め上げてきたのだ。

滑らかな舌先が先端に達すると、彼女は鈴口(すずくち)から滲(にじ)む粘液をチロチロと舐め取り、丸く開いた口でスッポリと根元まで呑み込んでいった。

「ああッ……」

生温かく濡れた口腔に深々と含まれ、伊助は今にも暴発してしまいそうな快感に喘ぎながら懸命に堪えた。

春恵も熱い鼻息で恥毛をそよがせ、幹を締め付けて吸い、クチュクチュと舌をからめて一物(いちもつ)を唾液にまみれさせた。

まるで美女のかぐわしい口に身体ごと呑み込まれているような快感に、伊助は懸命に腰をよじって降参した。

さらに上品な春恵が、顔を上下させスポスポと貪欲に吸い付きながら濡れた口で摩擦を開始したのだ。

「ど、どうか、もう……」

伊助が限界を迫らせて声を絞り出すと、ようやく春恵もスポンと口を引き離してくれた。

「では、上からでよろしいですか……」

春恵もすっかり上気した顔を上げて言い、ためらいなく彼の股間に跨がってきた。そして自(みずか)らの唾液にまみれた先端に割れ目を押し付け、息を詰めてゆっくり腰を沈み込ませた。

張りつめた亀頭が潜り込むと、あとはヌルヌルッと滑らかに呑み込まれた。

「アア……！」

春恵が顔を仰け反らせて喘ぎ、乱れた頭巾まで取り去ってしまった。

すると青々とした剃りたての頭も露わになり、その艶めかしさに伊助は危うく漏らしそうになるのを必死に堪えた。

まるで、人ならぬ美しい神仏に跨がられているような神々しさだ。

彼女が完全に座り込み、若い肉棒を味わうようにキュッキュッと締め付けてきた。さらにグリグリと淫らに密着した股間を擦りつけながら、彼に熟れ肌を重ねてきた。

伊助が両手を回してしがみつくと、春恵が上から唇を密着させた。

「ンン……」

彼女は熱く甘い息を弾ませて鼻を鳴らし、ネットリと舌をからめてきた。

伊助も滑らかに蠢く美女の舌を味わい、滴ってくるトロリとした生温かな唾液をすすった。

「もっと唾を……」

唇を重ねながら囁くと、春恵も懸命に唾液を分泌させ、口移しにトロトロと注ぎ込んでくれた。

彼は小泡の多い、適度な粘り気を持つ唾液を味わい、うっとりと喉を潤した。

すると春恵は密着した肌を擦りつけ、徐々に腰を遣いはじめた。

伊助も股間を突き上げると、たちまち二人の律動が一致し、溢れる淫水でヌラヌラと滑らかに動き、摩擦音も聞こえてきた。

「ああ……、いい気持ち……」

春恵が唇を離して喘ぎ、さらに彼の鼻の穴までペロペロと舐め回してくれた。

たちまち唾液にまみれ、たまに彼女がハーッと息を吐くと、かぐわしく甘い匂いとともに伊助の鼻腔が湿った。

「もっと、顔中も……」

甘えるように言いながら動き続けると、春恵も彼の頬や鼻筋、瞼までヌラヌラと舐め回し、生温かく清らかな唾液で顔中をまみれさせてくれた。

「い、いきそう……」

「いいわ、おゆきなさい。私もすぐ……」

伊助が限界を感じて口走ると、春恵も息を弾ませて答え、動きを激しくさせていった。

とうとう彼は昇り詰め、大きな快感に全身を貫かれてしまった。

「く……！」

絶頂の波に呑み込まれながら呻き、同時にありったけの熱い精汁をドクドクと内部に注入すると、

「いく……、アアーッ……！」

噴出を受け止めるとともに春恵も声を上げ、ガクンガクンと狂おしい痙攣を開始して気を遣った。

膣内の収縮も活発になり、精汁を飲み込むようにキュッキュッと激しく締まった。伊助は魂まで吸い取られそうな快感に戦き、身悶えながら最後の一滴まで出し切った。

「ああ……、春恵様……」

彼は満足しながら突き上げを弱め、喘ぎながら言って力を抜いていった。

すると春恵も満足げに熟れ肌の強ばりを解いてゆき、グッタリと彼に身を預けてきた。

伊助は美女の重みと温もりを受け止め、まだ収縮する膣内でヒクヒクと幹を過敏に震わせ、湿り気ある甘い息を胸いっぱいに嗅ぎながら、うっとりと余韻を味わったのだった。

「ああ、良い気持ちでした……。上出来ですよ。これだけ出来れば、お二人も満足なさいますでしょう……」

春恵が息を弾ませて囁き、やがて股間を引き離して起き上がると、懐紙で丁寧に一物を拭ってくれたのだった……。

——井戸端を借りて股間を洗い流し、身体を拭いて身繕いしたが、まだ子供たちの素読の声が聞こえていた。

「どうなさいます？　済むまで待ちますか」

春恵が訊いた。

彼女も身体を清めて僧衣と頭巾を着け、さっきの淫らな出来事など何もなかったかのように、いつもの清らかな笑顔を向けていた。

「いえ、今日はこれで帰りますので」

「そう。ではまたお立ち寄りくださいませ」

伊助が答えると、春恵も引き留めずに彼を送り出した。

やがて彼は小夜に会わず月光寺を辞し、浜町へと向かった。

大川の橋を渡る頃には、昼を回っていた。

（腹が減ったな……）

思ったが、今までとは勝手が違う。武士たる者が気軽に店に入ったり買い食いしたりするのは良くないのだろう。

まだ寄りたいところもあったが、ここはいったん川田家へ戻って昼餉を済ませるしかないようだった。

すると、傍らの蕎麦屋から声をかけてきた者がいた。

三

「おい、伊助ではないか」

「は、美久様……」

見ると、蕎麦屋の中で美久が一人で食事しているではないか。

どうやら、気軽に店に出入りして良いらしい。まあ美久が奔放なだけかも知れないが、伊助も暖簾をくぐって中に入った。

「昼餉はまだか？　一緒に食おう」

言われて、伊助も大刀を脇に置き、隣に座って蕎麦を頼んだ。

「大小を差して歩きにくくないか」

「左側が重いですが、だいぶ慣れてきました」

「ならば良い。どこへ行っていた」

美久が、傍らに置いた蕎麦をたぐりながら訊いてきた。

「深川の実家に、養父上と一緒に報告に。それから月光寺に挨拶に寄って帰るところです」

「そうか。実家では驚いたであろう」

美久が言うと、伊助の蕎麦が運ばれてきた。

「たいそうな驚きようでした。今日は美久様は？」

伊助は蕎麦に箸を付けながら訊き、あるいは家に来てくれて情交出来るのなら今日の用事は明日でも良いと思った。春恵と濃い情交をしたばかりというのに、やはり男というものは、相手さえ変わればすぐ一から淫気を催してしまうものなのだろう。

「これから道場だ。せっかくここで会えたが、お前への指南はまた後日」

「分かりました」

答えると、美久は食い終えて茶を飲み、伊助も蕎麦をすすった。

「では、ゆっくりしろ。また行く」

美久は立ち上がって言い、大刀を帯びると彼の分まで金を払ってくれた。

「あ、申し訳ありません」

慌てて立ち上がり辞儀をすると、美久も軽く会釈して颯爽と大股に蕎麦屋を出ていった。

伊助は座り直し、あとはゆっくり蕎麦を食って茶を飲み、すっかり落ち着いてから店を出た。

そして彼は家へ戻らず、浜町の外れにある八百源へと立ち寄った。

「へえ、何かご用でございますか」

源太が出てきて頭を下げ、兄の宗吉と同じような対応をした。

「旦那様。伊助です」

「な、なに……、ああ、確かに伊助じゃねえか、いや、伊助様じゃございませんか……」

源太が目を丸くし、まじまじと彼を見つめて言った。

「よしてください。行きがかり上、こういうことになってしまいました」

「へええ、良く似合ってるねえ。こいつあ驚いた」

源太が言うと、子供たちも顔を出して伊助を見た。

「とにかく、浜町の中屋敷とは縁が深まりましたので、今後ともお野菜をお願い致します。女将(おかみ)さんは」

「ああ、いま届け物に行っちまった。見たら驚くぜえ。どうか、またいつでも立ち寄ってくんな。今まで何度も拳骨を食らわせて済まねえ。お手討ちだけは勘弁してくれ」

「そんな、面倒を見て頂き感謝しております。では今日はこれにて」

「おお、これにて御免」

源太が律儀に辞儀をすると、伊助も八百源を辞した。

これで当面の挨拶も済んだので、あとは帰ってまた武家の仕来りを勉強することになろう。

しかし、家へ戻ろうとしたとき、ばったり滝に出会った。どうやら配達を終えて帰るところのようだ。

「女将さん」

「え？　な、何か私が……」

「私です。伊助」

戸惑う滝に笑顔で言うと、ようやく彼女も気づいたようだった。

まだ四十前で、気さくな江戸女だが、兄嫁の福より多少器量は良い。実は何度か、手すさびの妄想でお世話になってしまったのだ。

眉を剃り、光沢あるお歯黒により歯茎と舌の桃色が際立って艶めかしかった。

「ま……、い、伊助……、様……」

「よして下さい。いま八百源にも挨拶に行ったのですが、旦那様もしゃっちょこばってしまって」

「まあ、なんて良い男ぶりだろうね。お武家姿も板について、元から侍育ちと言ったって分からないよ」

滝も笑顔になり、惚れ惚れと彼を見つめた。

「詳しく聞きたいのだけれど、少しばかり大丈夫かい？」

「ええ、構いませんが」

伊助が言うと、滝は彼を裏路地に誘い、一軒の家に入っていった。

（ここは……）

彼が訝しみながら続くと、初老の仲居が出てきて二人を二階の角部屋へと案内してくれた。

室内には床が敷き延べられ、二つ枕が並び、桜紙も備えられていた。

どうやらここは待合、男女が密会する場所のようだった。そういえば丸窓も、床の間にかかった花の掛け軸も、布団の柄も何となく艶めかしい雰囲気を持っていた。

「店は大丈夫なのですか」

「ええ、もう届け物は済んだし、店では落ち着かないからね、少しぐらい油を売っても構わないだろう。ここならゆっくり話も聞けるし」

滝が座布団代わりに布団に座り、彼も大刀を部屋の隅に置いて腰を下ろした。

「で、前にうちへ来た立派な侍は？」

「ええ、私はあの人の養子になったのです。男子に恵まれなかったらしいですがやけに気に入られてしまって」

「へええ、そんなことがあるんだねえ……」

滝が溜息混じりに言い、まだ穴の開くほど彼の顔を見つめていた。

もちろん姫君との婚儀は、内々の秘密なので伊助も口に出さなかった。まだ正式に婚儀をしたわけではないし、いずれ家を構えても武家の内部のことは商家にまでは伝わらないだろう。

「本当に、一年余りお世話になりました。旦那様にも申し上げましたが、心から感謝しております」

「いえ、そんなこと、あのお侍から大金も頂いたし。それより、折り入ってお願いがあるんだけど……」

滝が、身を乗り出して声を潜めた。

「何でしょう。私に出来ることでしたら」

「私はうちの人しか知らないし、子が大きくなると夜も何もないのに、私ばかり淫気を高めてしまってね、悶々として眠れないこともあるんだよ」

「はあ……」

艶めかしい話になり、場所が場所だけに伊助も期待に胸を膨らませ、股間も脹(ふく)らませてしまった。

「そこでお願いなのだけどさ。私は前から、お前みたいな若い男の子を好きにしたいと思って、それが若侍ならなおさらだったんだけど、夢のまた夢みたいだったけどさ」

「え、ええ……、私で良ければ、お好きになさって下さいませ」

「本当かい？」

滝が顔を輝かせて言う。

興奮によるものか、生ぬるく甘ったるい匂いが揺らめいてきた。

伊助は、滝の直接的な物言いに圧倒されながらも、自分こそ願いが叶って嬉しかった。

それに滝を前にすると、数日前までの自分。つまり女も知らず手すさびばかりし、滝のような年上の新造に手ほどきを受けることを夢見ていた無垢に戻ったような気になった。

「ええ、女将さんにも言い尽くせぬほどお世話になりましたので」

「そう、じゃ餞別代わりに初物を頂いて構わないんだね？」

滝が、当然ながら彼を無垢と信じ切っているように言った。

「はい、どのようにでも」

「じゃ、脱ごうか。全部だよ」

滝が興奮に息を弾ませて言い、立ち上がって自分から帯を解きはじめた。

伊助も脇差を大刀に並べて置き、手早く袴を脱ぎ去ると、帯を解いて着物を脱いでいった。

そして襦袢と腰巻まで取り去ると、彼は全裸で布団に仰向けになった。

もちろん一物は、ピンピンに突き立っていた。春恵尼と済んだあと洗っているから、女の匂いは残っていないだろう。

「すごい……、こんなに大人になっているのなら、奉公しているときに食っちまえば良かった……」

滝が、彼の勃起した肉棒を見ると目を輝かせて言い、自分も腰巻を脱ぎ去って一糸まとわぬ姿になって迫ってきた。

四

「お、女将さん。私からもお願いが……」

伊助は、期待に胸を弾ませて言った。

「滝と呼んで。もう奉公人じゃないんだから」

滝が、熟れ肌を息づかせて言う。小柄な方だが乳房と尻は豊かで、思っていた以上に色白で良い体つきをしていた。

「じゃ、お滝さん、どうかここに座って下さい」

「え……？」

伊助が自分の下腹を指して言うと、滝は戸惑いながら彼の脇に膝を突いた。

「お前の腹を跨ぐのかい？」

「ええ、女将さんに踏まれたり座られたりされたいと思っていたので……」

「おかしな子だねえ。でも、お武家に跨がったりして罰は当たらないかしら」

滝は言いながらも、淫気と好奇心に突き動かされ、恐る恐る彼の下腹に跨がってきてくれた。

濡れはじめた陰戸がピッタリとした腹に密着し、彼は立てた両膝に滝を寄りかからせた。

「アア……、変な感じ……」

「足を伸ばして、私の顔に乗せて下さい」

「そ、そんなこと、身体が潰れちまうよ……」

「大丈夫です。さあ」

言いながら足首を摑んで引き寄せると、滝も片方ずつ足を伸ばし、言われるまま両の足裏を伊助の顔に乗せてきた。

これで滝の全体重が彼の身体と顔にかかり、彼女が座りにくそうに腰をよじるたび密着した陰戸が擦りつけられた。

「ああ……、お武家の顔を踏んでいる……」

滝は息を弾ませ、朦朧としながらもトロトロと淫水を溢れさせて彼の下腹を濡らした。

伊助も心地よい重みを感じながら滝の両の足裏を舐め回し、汗と脂に湿った指の股に鼻を押しつけて濃く蒸れた匂いを貪った。

やはり武家も町人も、基本的な匂いの成分はあまり変わらず、あとは動き回る量によって濃い薄いがあるだけだった。

とにかく伊助は色っぽい新造の足の匂いを心ゆくまで嗅ぎ、爪先にしゃぶり付き、順々に指の間にヌルッと舌を割り込ませていった。

「あう……、き、汚いのに……」

滝は驚いたように身を強ばらせて呻き、伊助の口の中で唾液に濡れた指先を縮めた。

しゃぶりつくたび、下腹に密着した陰戸から溢れる淫水の量が増えていった。

やがて両足とも味わい尽くすと、彼は滝の両手を摑んだ。

「では前に来て、顔を跨いでしゃがんで下さい」

「だ、駄目、そんなこと……」

言いながら引っ張ると、滝は尻込みしながらも淫気に身を任せ、恐る恐る前進してきたのだった。

やがて完全に顔に跨がり、しゃがみ込んで陰戸を彼の鼻先に迫らせた。

伊助の顔の左右で脹ら脛（はぎ）がムッチリと張り詰め、量感ある内腿も覆いかぶさって震えた。

そして子を二人産んだ陰戸はヌメヌメと蜜汁にまみれ、今にも陰唇の間からトロリと滴りそうなほど雫（しずく）を脹らませていた。

伊助は豊満な腰を抱き寄せ、黒々と艶のある茂みに鼻を埋め込み、汗とゆばりの混じった濃厚な匂いで鼻腔を満たした。

舌を這わせると淡い酸味のヌメリが迎え、彼は襞の震える膣口からツンとしたオサネまで舐め上げていった。

「アアッ……、な、舐めるなんて……」

滝は厠に入ったようにしゃがみ込みながら、熱く喘いでヒクヒクと白い下腹を波打たせた。

あとで聞くと、源蔵も新婚の頃にはたまに舐めてくれたようだが、あとは十何年も陰戸を舐めてもらっていないようだった。

伊助が執拗に割れ目内部を掻き回すように舌を這わせ、チュッとオサネに吸い付くと、

「ヒイッ……！　も、もう駄目……」

滝は息を呑み、しゃがみ込んでいられず両膝を突き、そのまま彼の顔の上に突っ伏してきてしまった。

そして今にも気を遣りそうなほど舞い上がり、それ以上の刺激を避けるようにゴロリと横になってしまった。

あまりにもがくので収拾が付かず、やがて伊助は身を起こし、横向きになっている滝の尻の谷間に顔を埋め込んでいった。

桃色の蕾に鼻を押しつけると、顔中に双丘が密着し、生々しい匂いが鼻腔を刺激してきた。

これも、町家も武家も変わりない成分である。伊助は執拗に舌を這わせて襞を濡らし、ヌルッと潜り込ませて粘膜も味わった。

「く……、駄目よ、もう堪忍……」

前も後ろも存分に愛撫され、滝はクネクネもがきながら哀願した。奉公人の若者ではなく、武士ということも大きく高まりに関わっているようだ。

ようやく伊助も舌を引っ込め、横向きになっている彼女の胸に顔を迫らせ、腕枕してもらった。

「ああ……、こんなに可愛いのに、恐ろしい子……」

滝が伊助の顔を胸に抱きすくめ、激しく息を弾ませながら囁いた。

彼も腋の下に鼻を埋め、腋毛に籠もった甘ったるい汗の匂いで胸を満たし、やがて色づいた乳首に吸い付いていった。

「アア……、もっと吸って……」

滝が、陰戸や尻を舐められるより安心したように喘ぎ、豊かな膨らみをグイグイと彼の顔に押し付けてきた。

伊助も充分に舌で転がし、もう片方の乳首も含んで舐め回した。

そして滑らかな太腿に勃起した一物を擦りつけると、気づいた滝も指を這わせてくれた。

やんわり握られると、伊助は滝の手のひらの中でヒクヒクと幹を震わせ、やがて仰向けの受け身体勢になっていった。

すると滝も察したように、ようやく優位に立ってのしかかり、彼の肌を舐め降りて一物に迫った。

「ああ、なんて逞しい。ツヤツヤして綺麗な色……」

滝が顔を寄せ、張りつめた亀頭に頬ずりして言い、やがて先端に舌を這わせてきた。

幹を指で支え、チロチロと鈴口を舐めて粘液を拭い、そのまま亀頭をしゃぶって舌を這わせ、モグモグと根元までたぐるように呑み込んでいった。

「ああ……」

今度は伊助が喘ぐ番だった。

彼は仰向けのまま快感の中心を滝の口腔に捉えられ、唾液にまみれた幹をヒクヒク震わせて高まった。

「ンン……」

滝も深々と頬張って熱く鼻を鳴らし、頬をすぼめて吸い付き、執拗に舌をからみつけてきた。

しかし彼が絶頂を迫らせて腰をよじると、すぐに滝はスポンと口を引き離し、また横になってきた。口に出されるよりは、早く一つになって本格的に気を遣りたいのだろう。

「最初は、四つん這いになってくれますか」

伊助は身を起こして言った。本日二人目なので性急に果てず、春本で見た色々な体位を試したいのだ。それに武家女に頼みにくいことも、やはり滝には言えるのだった。

「いいわ……、こう……？」

滝もすぐ応じてくれ、四つん這いになって白く豊かな尻を持ち上げ、彼の方に突き出してくれた。

伊助は膝を突いて股間を進め、後ろから先端を膣口に押し付け、彼女の腰を抱えてゆっくり挿入していった。

たちまち急角度に反り返った一物は、ヌルヌルッと滑らかな肉襞の摩擦を受け根元まで吸い込まれていった。

「アアッ……！」

滝が顔を伏せて喘ぎ、白い背中を反らせながらキュッと締め付けてきた。

伊助は後ろ取り（後背位）で深々と貫き、股間を密着させた。すると尻の丸みが下腹部に当たって弾み、何とも心地よかった。

そのまま何度か前後運動をして快感を高め、彼女の背に覆いかぶさり、両脇から回した手で、たわわに揺れる乳房を揉みしだいた。

「あうう……、気持ちいいわ……」

滝も呻きながら膣内を収縮させ、若い一物を味わいながら尻をくねらせた。

伊助は汗の味のする背中を舐め、髪の香油を嗅ぎ、汗ばんだ耳の裏側にも鼻を押しつけて新造の匂いを嗅いだ。

しかし、まだここで果てる気はせず、やがて彼は再び身を起こしていった。

五

「今度は横向きになって下さい」

伊助が言うと、滝も挿入されたままノロノロと横向きになってくれた。

彼は滝の下の脚に跨がり、上の脚を真上に差し上げて両手でしがみついた。

松葉くずしの体位で、股間が交差すると密着感が増し、動くたびに吸い付くような快感が得られた。

「ああ、すごい……」

滝も夢中になって腰を遣い、気を遣りそうになって喘いだ。

さらに彼は、体位を変えた。

貫いたまま彼女を仰向けにさせ、脚を跨いで本手（正常位）まで持っていったのだ。

身を重ね、胸で乳房を押しつぶしながら肌を密着させ、伊助も本格的に股間をぶつけるように律動した。

「アア……、いきそうよ……、もっと突いて、強く奥まで……！」

滝が何度もビクッと腰を跳ね上げて喘ぎ、熱く濡れた膣内でキュッキュッと一物を締め付けてきた。

「ね、最後はお滝さんが上になって下さい……」

身を起こして言うと、滝も頷いた。

彼はヌルッと引き抜き、力が抜けそうになっている滝を引き起こして、入れ替わりに仰向けになった。

すると滝もためらいなく彼の股間に跨がり、大量の淫水にまみれている肉棒を陰戸に受け入れて座り込んだ。

「ああッ……！」

ヌルヌルッと根元まで受け入れると、滝は股間を密着させて喘ぎ、そのまま身を重ねてきた。

伊助も両手を回して熟れ肌を抱き留め、僅かに両膝を立てて感触と温もり、重みを味わった。

そして下から唇を求めると、滝もピッタリと口を重ね合わせてくれた。熱く湿り気ある息は白粉花のような甘い匂いがし、それにお歯黒の金臭い匂いも入り混じっていた。

これが新造の匂いなのだと思い、伊助は執拗に嗅ぎながら舌を這わせ、滴る生温かな唾液をすすって喉を潤した。

「ね、顔に唾を吐きかけて下さい。思い切り……」

「そんなこと、出来るわけないでしょう、お武家に……」

「どうしても、してほしいんです」

「いいのかい、本当に……」

再三せがむと、滝も興奮と快感に乗じてその気になってくれた。

色っぽい唇をすぼめ、白っぽく小泡の多い唾液を溜めると、遠慮がちにペッと吐きかけてくれた。

甘い息とともに生温かな唾液の固まりが鼻筋を濡らし、伊助はうっとりと酔いしれた。

「もっと強く多めに……」

言うと、一度して度胸の付いた滝は、さらに勢いよく吐きかけてきた。

「ああ……」

ほのかな香りとともに、唾液が頬の丸みを伝い流れ、伊助は喘ぎながらズンズンと股間を突き上げはじめた。

「アアッ……、気持ちいい……！」

滝も伊助の肩に腕を回して腰を遣い、彼の顔を濡らした唾液を拭うように舌を這わせてくれた。唾液を舌で塗り付けられる形になり、彼は顔中ヌラヌラとまみれて絶頂を迫らせた。

「い、いっちゃう……、アアーッ……！」

たちまち先に滝が気を遣ってしまい、声を上ずらせながらガクガクと狂おしい痙攣を起こし、膣内の収縮を活発にさせた。

少し遅れて伊助も昇り詰め、大きな快感に包まれながら熱い精汁をドクンドクンと勢いよく中にほとばしらせてしまった。

「あう……、いい……！」

噴出を感じた滝が駄目押しの快感を得たように呻き、締め付けてきた。

伊助は下から股間をぶつけるように突き動かし、心地よい摩擦の中で心置きなく出し尽くしていった。

やはり今までの武家女より、滝の方が自分にとって釣り合いの取れる相手だから、伊助は本当に初めて筆下ろしをしたような気になった。

満足しながら徐々に突き上げを弱めていくと、

「ああ……、こんなに良かったの初めて……」

滝も満足げに肌の硬直を解きながら、グッタリと体重を預けて吐息混じりに言った。

膣内が名残惜しげにキュッキュッと収縮を繰り返し、刺激されるたび一物がピクンと過敏に震えた。

「あう……、感じすぎる……」

滝も過敏に反応して呻き、さらにきつく締め付けてきた。

伊助は新造の重みと温もりを受け止め、湿り気ある甘い息を嗅ぎながら、うっとりと余韻を味わったのだった。

「この次は、お武家のお嫁さんを抱くんだね……」

滝が力を抜いてもたれかかりながら、感慨深げに囁いた。

「こんなに気持ち良くしてくれるなら、きっと喜ばれるだろうけど、お武家も陰戸を舐めたりするのかねえ……」

「さあ、きっと武家も町人も変わりないと思いますよ」

「そうだね。でも気をつけるんだよ。お武家は何かあると急に怒ったりするからね……」

「はい、肝に銘じますので」

伊助が呼吸を整えて答えると、滝もそろそろと股間を引き離して身を起こし、桜紙で手早く陰戸を拭い、一物を優しく拭き清めてくれた。

「さあ、そろそろ帰らないと。お得意さんに引き留められて、お茶を飲んでいたことにしよう」

滝が言い、気持ちを切り替えるように身繕いをした。

まあ滝ならば伊助と違い、少々遅くなっても源太に拳骨を食らうようなことはないだろう。

伊助も起き上がって下帯を着け、襦袢と着物を着て帯を締め、手早く袴を穿いて脇差を帯びた。

「へえ、手際よく着付けるんだねえ。袴なんて慣れていないだろうに」

見ながら滝が感心して言った。

「徹底的に仕込まれましたので」

「そう、でもお武家の暮らしが辛そうでないから安心したよ」

滝は言い、やがて部屋を出て階段を下りた。金を出そうとしたが、滝が待合の支払いをしてくれた。

「いいんだよ、沢山頂いたからね。じゃ達者で」

滝は言い、やがて待合を出た二人は右と左に別れたのだった……。


――帰宅すると、菊乃が夕餉(ゆうげ)の仕度をしていた。

伊助は大小を置いて袴を脱ぎ、着流しで武家の仕来りや剣術の書物を読んで夕刻まで過ごした。

やがて十右衛門が帰宅すると夕餉を済ませ、そこで菊乃は中屋敷へ帰ってゆき伊助も早めに寝たのだった。

そして翌日、午前中に美久が来て剣術の稽古をつけてくれた。

伊助も徐々に腕を上げ、美久に打ち込むことは出来ないまでも大部分は避けることが出来て彼女を感心させた。

しかし菊乃が来ているので情交はせず、残念ながら稽古だけで美久は帰ってしまった。

昼餉を終えると、また伊助は書物を開いて過ごした。

すると、まだ日が傾かぬうちに十右衛門が帰宅してきたのだ。

「お早いお帰りですね」

「ああ、すぐ裃（かみしも）を着けて仕度をしろ。藩邸へ行く」

十右衛門に言われると、伊助も急いで袴を穿き、菊乃に手伝ってもらって裃を着けると脇差を帯び、大刀を持って家を出た。

すると外に駕籠が二丁待っていて、それぞれに乗り込んで神田の上屋敷に向かったのだった。

駕籠などに乗るのは初めてで、伊助は紐に摑まり腰を浮かせて進みながら、それでも日本橋を抜けて神田の藩邸まで、ものの四半刻（約三十分）足らずで到着した。

「ご家老とご正室様にお目通りだ」

「そうですか。分かりました」

言われて伊助は気持ちを引き締め、中屋敷よりずっと大きな藩邸へと入った。

大きな門をくぐると、一体何百坪あるのか、庭も広く池や築山があり、やがて御殿のような母屋（おもや）の玄関から入っていった。

若い藩主と先代の隠居は、今は北関東の国許に帰っている。だから藩邸の最高責任者は、江戸家老であった。

伊助は小部屋で少し待たされ、やがて十右衛門が呼びに来て立ち上がった。

第五章　熟れ肌の悩ましき匂い

一

「今宵はここへ泊まって、ゆっくりお話ししましょう」

先代の正室、つまり照姫と小夜姉妹の母親である香澄（かすみ）が言った。

「ははっ……」

伊助は平伏し、三十八になるという香澄の美しさを眩しく思った。

図らずも今日体験した滝と同年配だが、それと比べたら滝が気の毒だろう。

それほど家柄も育ちも食い物も、女としての素質も別世界に暮らしている絶世の美女であった。

夕刻、すでに彼は江戸家老に挨拶し、十右衛門とともに川田家の養子に入ったことを報告した。

その対面は形ばかりで、何の問題もなく済み、そこで十右衛門は帰っていったのだ。そして夕餉を馳走になってから、香澄に呼ばれて寝所へと出向いてきたのである。

すでに伊助は裃を脱ぎ、香澄もまた寝巻姿であった。

床が敷き延べられ、他に誰も人はなく、何やら妖しい雰囲気に伊助は胸が高鳴った。

「照も小夜も、残念ながら無垢ではありませんでした。心の赴くまま、今まで出会った男と奔放に過ごしてきたのです。しかし、夫婦になりたいと言い出したのは、此度が初めてでした」

香澄が言う。

「は……、私には驚天動地のことでした……」

「そなたの気持ちが二の次になりましたが、武家の横暴と思わないで下さい。他に思う女がいないとのことで、押し切ってしまいましたが、決して堅苦しい思いはさせませんので」

「恐れ入ります。元より失うものは何もございませんが、身に余る成り行きに戸惑うばかりです……」

伊助は恐縮しながら答えた。

「それにしても、僅かの間に見事に武家に溶け込んでいますね」

香澄は、姉妹に似た整った顔立ちで正面からまじまじと彼を見つめて言った。

「いいえ、何やら自分が何者か分からなくなりました……」

「そう、でもやがて慣れるでしょう。それなりに藩内の役職も与えますが、好きな学問に関われるよう配慮します。そして照と小夜に子を成してくれることが、第一の役目ですので」

香澄が言い、帯を解いて寝巻を脱ぎはじめたではないか。

伊助は驚き、まさか先代の正室とまで情交出来る気配に身が打ち震えた。今までで、一番上位にいる武家女である。

「あの姉妹は不思議な力を持っています。私もまた、その母として、娘たちの悦びが伝わってくるような気がし、どうにも味わってみたくなりました。さあ、全て脱いで」

言いながら、香澄はみるみる白い熟れ肌を露わにしていった。

伊助も動揺しながら、震える指で脇差を抜いて置き、立ち上がって袴と着物を脱ぎ去った。

一体これで、何人目の女の前で全裸になることだろう。

先に香澄が一糸まとわぬ姿になって布団に横たわり、下帯まで取り去って全裸になって伊助を招いた。

香澄の肌は滑らかで、まるで白粉でも塗ったように白く、乳房も尻の丸みも実に品良く豊満であった。

伊助は恐る恐る添い寝し、甘えるように腕枕してもらうと、生ぬるく甘ったるい匂いとともに香澄も優しく胸に抱いてくれた。

「ここには誰も来ませんので」

香澄が囁き、彼の唇に桜色の乳首を押し付けてきた。

伊助が含んで吸い付くと、さらに彼女は豊かな膨らみを彼の顔中に押し付けてきた。

彼は心地よい窒息感に包まれ、間から必死に呼吸すると、肌がほんのり甘く匂った。そしてチロチロと乳首を舌で転がすと、

「アア……、いい気持ち……」

香澄がうっとりと喘ぎ、うねうねと熟れ肌を悶えさせはじめた。伊助も次第に夢中になって吸い付き、熟れ肌の匂いに酔いしれていった。

それにしても、このように簡単に肌を重ねて良いものなのだろうか。

姫君との情交も度肝を抜かれたが、香澄は城主の奥方なのである。いかに同じ作りの人間と分かっていても、やはり違うのだ。

とにかく香澄が我を忘れて身悶えはじめ、伊助も淫気に包まれて次第に夢中になっていった。

もう片方の乳首にも移動して吸い、充分に舌を使いながら愛撫し、さらに腋の下にも顔を埋め込んでいった。今宵は入浴していないのか、甘ったるい汗の匂いが生ぬるく籠もり、彼は品良く柔らかな腋毛に鼻を擦りつけ、何度も超美女の体臭で胸を満たした。

「ああ……、何と可愛い……。ねえ、母上とお呼び……」

香澄が熱く喘ぎ、甘い匂いを揺らめかせて囁いた。

「は、母上……」

伊助も小さく答え、甘酸っぱい快感に胸を詰まらせた。

家では実母をおっかさんと呼んでいたから、初対面の美女を母上と呼ぶことに抵抗はない。

そして本当に、この先代城主の奥方が自分の義母になるようなのだ。

「さあ、どのようでも好きなように……」

香澄が言って腕を解き、仰向けの受け身体勢を取ってくれた。

伊助も目の前の美女に専念し、愛撫を続行した。

滑らかな肌を舐め降り、形良い臍を舌先でくすぐり、ピンと張り詰めた下腹に顔を押し付けて弾力を味わった。

股間の茂みはふんわりと柔らかそうに煙り、早く嗅ぎたかったが後回しにし、太腿から脚を舐め降りた。

足首までたどって足裏に回り、舌を這わせて指の股に鼻を押しつけて嗅ぐと、汗と脂に湿り、蒸れた匂いもほんのり感じられた。

爪先にしゃぶり付いて指の間を舐め、両足とも味と匂いを堪能したが、香澄は驚きもせず、されるままじっとしていてくれた。

「どうか、うつ伏せに……」

言うと香澄もすぐ寝返りを打ち、腹這いになった。

彼は踵から脹ら脛を舐め、微かに汗ばんだヒカガミから太腿を両足とも味わってから、白く豊かな尻の丸みをたどり、淡い汗の味のする腰から背中を舐め上げていった。

透けるように白い肌に印された紐の痕も艶めかしく、彼は肩まで行って髪を嗅ぎ、うなじから耳の裏も舐め、再び背中を這い下りていった。

やがて彼は俯せのまま股を開いてもらい、大きな白桃のような尻に顔を寄せて指で谷間をムッチリと開いた。

谷間には、薄桃色の可憐な蕾がひっそり閉じられていた。

鼻を埋め込むと、ひんやりした双丘がキュッと心地よく顔中に密着し、蕾に籠もった秘めやかな微香が悩ましく胸に沁み込んできた。

伊助は美女の匂いを貪り、舌先でチロチロと襞を舐めて濡らし、ヌルッと潜り込ませて粘膜を味わった。

「う……」

香澄が顔を埋めたまま小さく呻き、肛門で舌先を締め付けてきた。

伊助は中で舌を蠢かせて味わい、ようやく顔を上げて再び香澄に仰向けになってもらった。

片方の脚をくぐって股間に顔を寄せ、白く量感ある内腿を舐め上げて割れ目に目を凝らした。さすがに自分から情交を求めてきただけあり、そこは驚くほど大量の蜜汁にヌメヌメと潤っていた。

ふっくらした丘の恥毛も程よい範囲に茂り、肉づきの良い割れ目からは桃色の花びらがはみ出していた。

そっと指を当てて左右に広げると、クチュッと微かに湿った音がして、濡れた柔肉(やわにく)が露わになった。下の方には、かつて照と小夜が順々に生まれ出てきた膣口が襞を震わせて息づいていた。

小さな尿口も艶めかしく確認でき、包皮の下から見えるオサネも、ツヤツヤと綺麗な光沢を放ち、亀頭の形をして突き立っていた。

伊助は吸い寄せられるように顔を埋め込み、柔らかな茂みに鼻を擦りつけ、隅々に籠もった汗とゆばりの匂いを貪った。

そして舌を這わせ、膣口の襞をクチュクチュ掻き回すと、やはり淡い酸味のヌメリが感じられ、たちまち動きを滑らかにさせた。

柔肉をたどってオサネまで舐め上げると、

「アア……、いいわ……」

香澄が顔を仰け反らせて喘ぎ、内腿でキュッと彼の両頰を挟み付け、ヒクヒクと白い下腹を波打たせた。

彼は執拗(しつよう)に舌を蠢かせ、オサネに吸い付いていった。

上の歯で完全に包皮を剝き、露出したオサネをチュッと吸い、舌先で小刻みに弾くようにチロチロ舐めると、

「あうう……、それ、もっと……」

香澄が呻いて言い、新たな淫水をトロトロと漏らしてきた。

伊助も熱を込めて吸い付き、美女の味と匂いを堪能しながら、溢れるヌメリを執拗にすすり続けたのだった。

二

「も、もう充分……、気を遣ってしまう前に、私も……」

香澄が言うと、ゆっくりと身を起こし、入れ替わりに伊助を仰向けにさせていった。

彼も素直に身を投げ出すと、香澄が股の間に腹這い、一物に白く美しい顔を迫らせてきた。まず舌を伸ばしてふぐりを舐め回し、睾丸を転がして袋を唾液に濡らした。

「ああ……！」

伊助は畏れ多い快感に喘ぎ、ゾクゾクと胸を震わせた。

彼女が舐め回すたび、熱い鼻息で肉棒の裏側が心地よくくすぐられ、ヒクヒクと幹が上下した。

やがて彼女は伊助の脚を浮かせ、何と肛門まで舐め回し、ヌルッと潜り込ませてくれたのだ。

「あう……、い、いけません……」

快感に呻き、彼は美女の舌を味わうようにモグモグと肛門を締め付けた。

香澄は厭わず長い舌を中で蠢かせ、ようやく舌を引き抜いて彼の脚を下ろしてくれた。

まさか大名の奥方が尻の穴を舐めてくれたなど、八百源や実家に言ったとしても誰も信じないに違いない。

香澄は、いよいよ一物に迫り、根元から裏側を舐め上げ、先端までたどってきた。そして粘液の滲む鈴口をチロチロ舐め回してから、スッポリと呑み込んできたのだ。

「アアッ……、香澄様……！」

伊助は美女の生温かく濡れた口に根元まで含まれ、快感に喘いだ。

「ンン……」

香澄は、先端が喉の奥の肉に触れるほど深々と頬張り、熱く鼻を鳴らしてたっぷり唾液を溢れさせた。

恐る恐る股間に目を遣ると、身分の高い超美女が肉棒をしゃぶり、丸く開いた口でキュッと幹を締め付けて吸っていた。

熱い鼻息が恥毛をくすぐり、口の中ではクチュクチュと舌が蠢いて、一物は清らかな唾液にどっぷりと浸り込んだ。

無意識にズンズンと小刻みに股間を突き上げると、香澄も顔を上下させてスポスポと強烈な摩擦を開始してくれた。

「も、もう……」

急激に絶頂が迫ってくると、伊助は慌てて口走り、腰をよじった。

大名の奥方の口を汚すわけにいかないが、逆に、このまま思い切り精汁をほとばしらせてみたい衝動にも駆られてしまった。

しかし香澄はスポンと口を引き離し、伊助が手を引っ張ると、ためらいなく身を起こして彼の股間に跨がってきた。

幹に指を添えて先端を陰戸（ほと）に押し当て、ゆっくり腰を沈み込ませた。

たちまち屹立（きつりつ）した一物は、肉襞の摩擦を受けながらヌルヌルッと滑らかに根元まで呑み込まれていった。

「アアッ……！」

香澄が顔を仰け反らせて喘ぎ、完全に座り込んで股間を密着させた。

そして彼の胸に両手を突っ張り、上体を反らせ気味にして腰を動かし、陰戸を擦りつけながら上下運動も開始した。

大量の淫水が動きを滑らかにさせ、溢れた分が彼のふぐりの方にまで伝い流れてきた。

やがて香澄が状態を倒し、身を重ねてきた。

伊助も両手を回し、下からしがみつきながら超美女の熟れ肌を受け止めた。

すると香澄が、上からピッタリと唇を重ねてきた。

柔らかな感触を味わい、唾液の湿り気とともに熱い息が鼻腔を刺激してきた。

それは白粉のような甘い刺激を含み、嗅ぐたびに伊助の胸が悩ましく掻き回された。

舌が潜り込むとネットリとからみつき、下向きのため彼の口に香澄の生温かな唾液が流れ込んできた。

伊助はうっとりと味わい、喉を潤して酔いしれながら、ズンズンと股間を突き上げはじめていった。

「ンンッ……！」

香澄は熱く鼻を鳴らして彼の舌に吸い付き、突き上げに合わせて緩やかに腰を遣いはじめた。互いの動きが一致してくると、ピチャクチャと淫らに湿った摩擦音も聞こえてきた。

「アア……、いきそうよ……」

香澄が唇を離して喘ぐと、伊助はその口に鼻を押しつけ、かぐわしい吐息と唾液の匂いを胸いっぱいに嗅ぎながら突き上げを強めていった。

「い、いっちゃう……、ああーッ……！」

とうとう香澄が声を上ずらせ、ガクンガクンと狂おしい痙攣を開始し、膣内の収縮も最高潮にさせた。

「く……！」

もう我慢できず、伊助も続いて大きな絶頂の快感に全身を包み込まれて呻くなり、ありったけの熱い精汁をドクドクと勢いよく柔肉の奥深くにほとばしらせてしまった。

「あう、すごい……！」

噴出を感じた香澄が呻き、さらにキュッときつく締め上げてきた。

伊助は激しく動きながら摩擦快感を味わい、心ゆくまで精汁を出し尽くしていった。

「ああ……、良かったわ……」

やがて彼が満足げに突き上げを弱めていくと、香澄も熟れ肌の強ばりを解きながら言い、グッタリと力を抜いて体重を預けてきた。

伊助は重みと温もりを受け止め、まだキュッキュッと収縮する膣内で幹を反応させた。

そして彼は香澄の熱く甘い息を嗅ぎながら余韻を嚙み締め、とうとう大名の奥方とまで情交してしまったことに戦いたのだった。

「まだ動いているわ。さすがに元気ね……」

香澄が囁き、名残惜しげに陰戸を締め付けながら、伊助の鼻の頭をぬらりと舐め、さらに唇を重ねて舌を潜り込ませた。

「ンン……」

彼女は熱く鼻を鳴らし、唾液を送り込みながら執拗に舌をからめてきた。

伊助は香澄の甘い吐息と唾液を吸収するうち、まだ射精直後の呼吸も整わないのに、また陰戸の中でムクムクと回復してきてしまった。

「アア……、また大きくなってきたわ。でも、もう今夜は堪忍……」

香澄も過敏になって感じ過ぎるように言い、懐紙を手にすると、そろそろと股間を引き離していった。

そして引き抜けるとき割れ目に紙を当てて手早く拭いながら、移動して再び彼の股間に陣取って顔を寄せてきた。

陰戸は拭き清めたが一物は拭かず、淫水と精汁にまみれている亀頭にしゃぶり付いてきたのだ。

「あう……」

伊助は呻き、思わず身を反らせた。

香澄はスッポリと喉の奥まで呑み込み、舌をからめながら吸い付き、やがてスポスポと顔を上下させて摩擦しはじめた。

「アア……、香澄様……」

伊助は腰をよじりながら喘いだが、たちまち過敏状態が抜け、新たな快感が湧き上がってきた。

彼女も執拗に舌の蠢きと吸引を繰り返し、肉棒全体を生温かく清らかな唾液にまみれさせた。

いつしか一物は美女の口の中で最大限に膨張し、唇の摩擦を受けながら、彼も無意識にズンズンと股間を突き上げはじめてしまった。

そしてとうとう、立て続けの二回目の絶頂を迎え、伊助は香澄の口の中に熱い精汁をほとばしらせてしまった。

図らずも、大名の奥方の口を汚すという禁断の願望が、あっという間に叶ってしまったのである。

「ク……、ンン……」

噴出を受け止めながら香澄が熱く鼻を鳴らし、吸引を強めた。すると精汁の脈打ちが無視され、ふぐりから直に美女の口に吸い取られるような快感が全身を包んだ。

「ああ……、き、気持ちいい……」

伊助は魂まで絞り尽くす思いで口走り、最後の一滴まで出し切ってしまった。

力尽きてグッタリとなると、ようやく香澄も強烈な愛撫を止め、亀頭を含んだまま精汁をゴクリと飲み干してくれた。

「く……」

伊助は、キュッと締まる口腔に全て絞り出して呻いた。

ようやく香澄がスポンと口を離し、なおも鈴口に滲む余りの雫までチロチロと丁寧に舐め取ってくれた。

「あうう……、も、もうどうか……」

降参するように言うと、彼女も舌を引っ込めてくれた。

「このように続けて出来るなら、照と小夜も喜ぶことでしょう」

香澄は淫らに舌なめずりして言いながら、再び添い寝してきたのだった。

三

「義姉上、ただいま戻りました」

伊助は帰宅し、井戸端にいた真紀に声をかけた。どうやら、また菊乃が中屋敷に戻り、入れ替わりに真紀が来たようだった。

昨夜、伊助は香澄との濃厚な情交のあと、与えられた部屋でぐっすりと朝まで眠った。

そして今朝、朝餉を馳走になってから、出仕してくる十右衛門とほぼ入れ違いに、神田から歩いて帰宅したのである。

「お帰りなさい。ご家老にお目通りしたのですか」

真紀は、井戸水を勝手口から湯殿（ゆどの）の風呂桶に汲み込みながら言った。

「はい。上屋敷はすごい御殿ですね」

伊助は答え、もちろん香澄とのことは口にしなかった。

「義姉上、私が致します」

「まず着替えてきなさい」

「はい、ではすぐ参りますので」

伊助は辞儀をして家に入り、自室に大小を置いて裃と袴を脱いだ。

むろん彼は、菊乃が出して着けてくれたときに一度で畳み方も覚えてしまっているので、きちんと折り目正しく畳んで仕舞い、着流しになって尻を端折り、襷をしながら勝手口へと戻った。

今日も冷えるが、風もないので風呂を焚くことにしたのだろう。

通常は、火事を恐れて湯屋へと行き、自宅で風呂を沸かすのは十日に一度ぐらいだった。

「では、義姉上は少しお休み下さい」

伊助は言い、真紀から桶を受け取り、汲んだ井戸水を風呂桶まで運んで何度も往復した。小柄だが、幼い頃から畑仕事をしてきたから、真紀よりは多少ましであろう。

真紀も井戸水を汲み上げては、戻ってきた彼の桶に注いでくれた。朝から風呂掃除もしていたか、彼女はすっかり汗ばみ、近くに寄るだけで甘ったるい芳香が漂った。

もちろん伊助は、いかに昨夜強烈な情交をしていようとも、一晩ぐっすり寝てすっかり心身ともに回復していたから、たちまち美しい義姉に淫気を催してしまった。

彼女の可憐な顔立ちと汗の匂いに接するたび、股間が熱くなり、力が抜けそうになってしまったが、やがて風呂桶に水がいっぱいに張られた。

襷を解いた二人は家に入り、伊助は求めてしまった。

「義姉上、どうか、またご教授頂きたいのですが」

「い、いえ……、困ります……」

縋り付くように言って自分の部屋に引っ張り込むと、真紀が尻込みした。

「だって、せっかく家に二人きりなのですから」

伊助は手早く床を敷き延べ、帯を解きながら執拗に迫った。

「な、ならば、せめて身体を拭いてから……」

真紀がモジモジと答えた。してみると肌を重ねる羞恥はあるが、死ぬほど嫌ではないのだろう。

「いえ、私は義姉上の匂いが何より好きですので、どうか今のままで。それに、どうせそのあと身体を流すのですから」

着物を脱いだ伊助は言い、真紀の帯にも手をかけた。

「もう……、困った子です……」

真紀も嘆息し、ようやく諦めたように言うと、あとは自分で帯を解きはじめてくれた。

伊助も安心して襦袢(じゅばん)と下帯を解き、先に全裸になって布団に横になった。

真紀も背を向けて着物を落とし、腰巻を取り去ってから座り込み、襦袢を脱ぎ去り一糸まとわぬ姿になって添い寝してきた。

「ああ、義姉上……」

伊助は甘えるように腕枕してもらい、しがみついて言った。

腋の下に顔を埋め込むと、和毛(にこげ)は汗に生ぬるく湿り、濃厚に甘ったるい体臭が馥郁と鼻腔を満たしてきた。

「いい匂い……」

「う、嘘です……、朝から動き回っていたから汗臭いのに……」

何度も鼻を埋めて嗅ぎながら言うと、真紀は羞恥に身をくねらせて答えた。

それでも確実に淫気も高まってきたように呼吸が弾み、ときに肌の上を甘酸っぱい息の匂いが漂って鼻腔を刺激した。

伊助は胸いっぱいに義姉の体臭を嗅いでから移動し、薄桃色の乳首にチュッと吸い付いていった。

「ああッ……！」

真紀がビクッと反応して喘ぎ、伊助も舌で転がしながら、柔らかく張りのある膨らみに顔中を押し付けて感触を味わった。

乳首はコリコリと硬くなり、すぐにも情交を覚えたばかりの肌がうねうねと悶えはじめていた。

あるいは彼女も、伊助と二人きりとなり、最前から期待と興奮を抱いていたのかも知れない。

もう片方にも移動して含み、充分に舐め回して吸い付くと、彼は滑らかな肌を舐め降りていった。舌と息の刺激に、真紀はどこに触れても敏感に肌を震わせ、少しもじっとしていられないようだった。

縦長の臍を舐め、張り詰めた下腹に顔を埋めて心地よい弾力を味わい、腰からムッチリした太腿に降り、脚を舌でたどっていった。

足裏に達すると舌を這わせ、指の股に鼻を割り込ませて嗅いだが、風呂掃除をしたとき洗い流されたか、蒸れた匂いは実に淡くて残念だった。

しかし爪先にしゃぶり付き、順々に指の間に舌を挿し入れると、

「アア……、駄目、汚いから……」

真紀が足を震わせて喘ぎ、彼の口の中で唾液に濡れた指を縮めた。

伊助は両足とも存分に味わってから股を開かせ、脚の内側を舐め上げながら顔を進めていった。

「義姉上、どうか力を抜いて、もっと大きく開いて下さい」

「い、いや、恥ずかしい……」

両膝の間に顔を割り込ませると、真紀はキュッと内腿で彼の顔を挟み付けながら、懸命に腰をよじった。

それでも強引に内腿を舐めて、陰戸に顔を迫らせた。

中心部は熱気と湿り気が渦巻くように籠もり、割れ目からはみ出した陰唇は淫水に濡れはじめていた。

伊助は指を当て、花びらを左右に広げて中に目を凝らした。

桃色の柔肉がヌメヌメと潤い、襞の入り組む膣口が艶めかしく息づいていた。

小さな尿口もはっきり見え、包皮の下から覗くオサネも妖しい光沢を放ち、愛撫を待っているようだった。

「すごく濡れてます、義姉上」

「う、嘘……」

「ね、オマ××お舐めって命じて下さい」

「そ、そんなこと……！」

股間から言うと、真紀は卑猥な言葉に驚いたように、ビクリと肌を強ばらせて声を詰まらせた。

春本に書かれているような、そうした淫らな言葉もどこからか武家娘の耳にも入って知っているのだろう。

伊助はまだ舐めずに膣口を探り、淫水にぬめった指でオサネを擦った。

「アアッ……、駄目……」

「ね、思いきって言ってみて下さい。指より舌の方がずっと気持ちいいですよ」

言いながらクリクリと指の腹でオサネを刺激すると、真紀の白い下腹がヒクヒクと波打ち、さらにトロトロとヌメリが増していった。

「お、お舐め……、伊助……」

真紀が、刺激と羞恥で朦朧となりながら、か細い声で言った。

「どこをです？ どうか言って下さいませ」

「オ……、オマ××お舐め……、アアッ……！」

とうとう囁くように声を洩らし、真紀は自分の言葉に激しく身悶えた。

淫水もさらに溢れ、膣口の襞には白っぽく濁った粘液もまつわりつきはじめ、どうやら伊助以上に、真紀は後戻りできないほど淫気が最高潮になってきたようだった。

もう焦らさず、伊助も義姉の卑猥な言葉を耳の奥に残しながら顔を埋め込んでいった。

柔らかな恥毛に鼻を擦りつけると、甘ったるい汗の匂いが濃厚に沁み付き、それにゆばりの刺激と、淫水の生臭い成分も混じって鼻腔を掻き回してきた。

「ああ、いい匂い……」

伊助は何度も深呼吸し、義姉の恥ずかしい体臭で胸を満たしながら舌を這わせていった。

舌先で膣口の襞をクチュクチュと掻き回し、滑らかな柔肉をたどって、ゆっくりとオサネまで舐め上げていった。

四

「だ、駄目……、ああーッ……！」

真紀が激しく声を震わせて喘ぎ、内腿でムッチリときつく伊助の両頬を挟み付けながら悶えた。

彼も執拗にチロチロと舌先で弾くようにオサネを舐め回し、新たに溢れてくる淡い酸味のヌメリをすすった。

そして義姉の体臭を心ゆくまで嗅いでから脚を浮かせ、白く丸い尻の谷間に迫り、キュッと恥じらうように襞を震わせて閉じられた薄桃色の蕾に鼻を埋め込んで嗅いだ。

汗の匂いに混じり、秘めやかな微香が沁み付き、嗅ぐたびに悩ましい刺激が鼻腔を満たしてきた。

舌を這わせて襞を濡らし、潜り込ませてヌルッとした粘膜を味わうと、

「く……、やめて……」

真紀が息を詰めて呻き、反射的にキュッと肛門で舌先を締め付けた。

伊助は舌を蠢かせ、出し入れさせるように動かすと、

「あっ……、アアッ……、駄目、伊助……！」

真紀が肛門を収縮させて激しく喘ぎ、鼻先にある陰戸からはトロトロと大量の蜜汁を漏らしてきた。

羞恥心は激しいが、相当に淫水の量が多いたちのようだ。

伊助もようやく舌を引き抜きながら彼女の脚を下ろし、溢れるヌメリを舐め取りながら割れ目に戻り、色づいたオサネに吸い付いた。

「も、もう堪忍……」

真紀は、すでに小さく気を遣る波を受け止めて声を洩らし、ヒクヒクと小刻みに下腹を波打たせていた。

やがて頃合いを見て、彼も股間から離れて添い寝していった。

「ね、今度は義姉上がして……」

甘えるように言い、激しく勃起した一物を肌に押し付けると、真紀も手を這わせてきてくれた。

やんわりと包み込み、ニギニギと動かしてくれたので、伊助も彼女の顔を股間へと押しやると、やがて真紀も息を弾ませながら、大股開きになった彼の股間へと移動してくれた。

彼女は自分から顔を寄せて股間に熱い息を籠もらせると、屹立した先端にヌラヌラ舌を這わせ、鈴口から滲む粘液を舐め取りながら丸く開いた口でスッポリと亀頭を呑み込んできた。

「アア……」

伊助は快感にうっとりと喘ぎ、股間を突き上げると、真紀も完全に根元まで含んでくれた。

義姉の口の中は生温かく濡れ、熱い鼻息が恥毛をそよがせ、唇がキュッと幹を締め付けて吸い付いた。そして内部では、次第にチロチロと舌を激しく蠢かせてくれた。

伊助自身は清らかな唾液にまみれ、最大限に膨張していった。

やはり他の女たちと違い、愛撫はぎこちなく、たまに歯も当たるが、かえってそれが新鮮だった。

やがて充分に高まり、伊助が彼女の手を引くと真紀もチュパッと口を引き離して顔を上げた。

「義姉上、上から跨がって入れて下さい……」

「私が上に……？」

言うと真紀は少しためらったが、彼が強引に引き上げて股間を跨がせると、観念したように片膝を突いて一物に指を添えた。

そして先端を膣口に押し当て、息を詰めてゆっくりと腰を沈み込ませてきた。

張りつめた亀頭がズブリと潜り込むと、

「ああッ……！」

真紀は顔を仰け反らせて喘いだが、あとはヌメリと重みに身を任せ、ヌルヌルッと一気に根元まで受け入れてしまった。

伊助も肉襞の摩擦と温もりに包まれ、股間に義姉の重みを受け止めて快感を嚙み締めた。

真紀は仰け反ったまま股間を密着させ、暫し全身を硬直させていた。

じっとしていても、膣内はモグモグと息づくような収縮を繰り返し、伊助はジワジワと高まっていった。

両手を伸ばして抱き寄せると、ようやく真紀も身を重ねてきた。

伊助は抱き留め、僅かに両膝を立てて、膣内のみならず尻や内腿の感触も味わった。

下から顔を引き寄せると、形良い唇が僅かに開いて、ぬらりと光沢ある歯並びが覗き、間から熱く湿り気ある息が洩れていた。鼻を押しつけて嗅ぐと、濃厚に甘酸っぱい果実臭が含まれ、鼻腔を刺激されるたびに伊助は、甘美な悦びで胸を満たした。

「いい匂い」

「駄目、言わないで……」

囁くと、真紀は羞恥に嫌々をし、さらに新たな淫水をトロリと漏らしてキュッと締め付けてきた。

伊助は義姉のかぐわしい吐息を胸いっぱいに嗅いでから唇を重ね、柔らかな感触を味わった。舌を挿し入れて歯並びを舐め、引き締まった桃色の歯茎も隅々まで探った。

「アア……」

興奮に合わせ、内部で一物がヒクヒクするたび、真紀が熱く喘ぎ、惜しみなく熱い息を吐きかけてきた。

そして歯が開かれると、口の中はさらに濃厚な果実臭が籠もっていた。

舌を挿し入れてチロチロとからみつけ、彼は生温かくトロリとした唾液をすすった。

「もっと唾を飲ませて……」

囁くと、真紀はためらいながらも唾液を分泌させ、トロトロと吐き出してくれた。伊助は小泡の多い生温かな粘液を味わい、うっとりと酔いしれながら飲み込んで喉を潤した。

「ああ、美味しい……」

「嘘、味なんかないでしょう……」

「もっと沢山……」

せがみながらズンズンと小刻みに股間を突き上げると、

「ああッ……！」

真紀は眉をひそめて喘ぎ、それでも精一杯唾液を垂らしてくれた。

唾液も淫水も、どこも真紀は汁気が多い方なので、すぐにも一物の律動はクチュクチュと滑らかになって、温かく心地よい摩擦とともに淫らな摩擦音も聞こえてきた。

「痛くないですか」

「ええ、大丈夫……」

気遣って訊くと、真紀も健気に答え、次第に突き上げに合わせてぎこちなく腰を遣いはじめてくれた。

次第に互いの動きも一致して、伊助は激しく高まっていった。

「な、舐めて下さい……」

鼻を押しつけて言うと、真紀もまるで一物を愛撫したときのように、鼻の頭をチロチロと舐め回してから、スッポリと含んでしゃぶってくれた。

「アア……」

一物の摩擦快感と、唾液と吐息の匂いに喘ぎ、伊助は急激に絶頂を迫らせていった。

かぐわしく甘酸っぱい息の匂いも嬉しいが、美しい義姉が肺腑に入れ、一度使った空気だけを吸って生きているという状況が、実に幸福だった。

「い、いっちゃう……、あぁッ……！」

とうとう伊助は昇り詰め、突き上がる大きな快感に喘ぎながら、そのときばかりは気遣いも忘れて激しく突いてしまった。

「あう……！」

噴出を感じたか、真紀も声を洩らし、キュッときつく締め付けてきた。

伊助は心地よい摩擦の中、心置きなく最後の一滴まで出し尽くし、すっかり満足しながら動きを弱めていった。

すると真紀も、嵐が通り過ぎたのを知り、肌の強ばりを解いてグッタリともたれかかってきた。

彼自身は、息づくように収縮する膣内でヒクヒクと過敏に反応した。

そして伊助は義姉の重みと温もりの中、かぐわしい息を間近に嗅ぎながら、うっとりと快感の余韻に浸り込んだのだった。

「す、済みません、乱暴に動いてしまい……」

彼は息を弾ませながら言った。

「いいえ、前より痛くありませんでした。それより、奥が何やら心地よく……」

真紀も荒い息遣いを繰り返し、自身の奥に芽生えた何かを探るように答えた。

これなら、年明けに伊助が婚儀で出ていって、すぐ真紀に婿が決まったとしても、早い段階で大きな快楽に芽生えることだろう。

やがて互いに呼吸を整え、真紀がそろそろと股間を引き離すと、二人は股間の処理もせず全裸のまま湯殿に移動したのだった。

五

「ねえ、義姉上、こうして……」

互いに身体と股間を洗い流すと、伊助は簀の子に座り、目の前に真紀を立たせて言った。そして片方の脚を浮かせ、風呂桶のふちに乗せさせて、開いた股間に顔を寄せた。

幸い、二度目は真紀も出血していなかった。

「どうするのです……」

真紀は尻込みしながらも、されるままになって答えた。

「どうか、ゆばりを放って下さいませ」

「まあ……！　無理に決まっています。どうしてそのようなことを……」

真紀が、驚いてビクリと脚を震わせた。

「どうしても、女の方がゆばりを放つ様子を見てみたいのです」

「か、顔にかかって汚いでしょう……」

「大丈夫、大好きな義姉上の出したものですから」

こうしたドキドキする言葉の遣り取りだけで、伊助自身はムクムクと雄々しく回復してきてしまった。

「だ、大好きだなんて……、姫様を好きにならねばいけません……」

「ですから、姫様にはお願い出来ないことですので。もう私たちは多くの秘密を持ってしまいましたので、あと一つだけ」

伊助は、懇願しながら股間に顔を埋めた。

洗って湿った恥毛の隅々には、もうほとんどの匂いは消えてしまったが、それでも割れ目内部を舐めると、生温かヌルヌルが再び溢れはじめた。

「あうう……、舐めないで……、立っていられないわ……」

「では、どうか出して下さい」

執拗に言うと、出さねば終わらないと悟ったように、ようやく真紀も息を詰めて下腹に力を入れはじめてくれたようだった。

「アア……」

　次第に尿意が高まり、それに抵抗するように肌を強ばらせながら真紀が喘ぎ、柔肉が迫り出すように盛り上がった。

　舌を這わせると、やはり味わいと温もりが変化し、温かな雫がポタポタと滴りはじめたではないか。

「あうう……、駄目、離れて……」

　真紀が膝を震わせて言ったが、もう間に合わず、チョロチョロと温かな流れがほとばしってきた。

　伊助は口に受け、香りと味わいを堪能しながら喉に流し込んだ。

「だ、駄目よ、莫迦ね……、アアッ……！」

　真紀が声を上ずらせ、今にも座り込みそうになるか半身を伊助は必死に抱えて押さえた。

　否応なく勢いのついた流れが口から溢れ、胸から腹を温かく伝い流れて、すっかり回復した一物を心地よく浸してきた。

　しかし勢いも最高潮を越えると急激に衰え、やがて止んで再びポタポタと滴るようになっていった。

伊助が残り香を感じながら割れ目に口を付けて余りをすすり、舌で内部を掻き回すと、

「も、もう駄目……、ああーッ……！」

とうとう真紀は脚を下ろして声を震わせるなり、そのままクタクタと座り込んできてしまった。

それを抱き留め、彼はもう一度互いの身体を洗い流してから、すっかり力の抜けた義姉を支えて起こし、身体を拭いて全裸のまま座敷の布団に戻っていったのだった。

真紀は横たわり、あまりの衝撃にハアハアと荒い呼吸を繰り返していた。

伊助も肌をくっつけ、義姉の喘ぐ口に鼻を押しつけて果実臭の息を嗅ぎ、もう一回射精しないことには治まらなくなっていた。

そして彼女の手を導いて一物を握ってもらいながら、舌をからめて唾液と吐息を貪った。

さらに乳房を優しく揉むと、彼女もニギニギと一物を愛撫してくれた。

「義姉上……」

伊助はすっかり高まり、真紀の手の中でヒクヒクと幹を震わせた。

「駄目よ、もう入れないで……」

「ええ、でも出さないと元に戻りません……」

真紀も指と口でしてくれるように、顔を移動させていった。

「こっちを跨いで下さいませ……」

伊助は言いながら彼女の腰を引き寄せて顔を跨がらせ、女上位の二つ巴の体勢になってもらった。真紀も一物に顔を寄せながら、男の顔を跨ぐ羞恥に激しく腰を震わせた。

やがて彼女も伊助の股間に熱い息を籠もらせ、先端を舐め回し、スッポリと呑み込んでくれた。

伊助も快感を味わいながら、真下から陰戸に口を押し付け、目の上で息づく可憐な肛門を見上げた。

割れ目は新たな淫水にネットリとまみれ、彼は生温かなヌメリを味わいながらチロチロとオサネを舐めた。

「ンンッ……」

刺激された真紀が尻をくねらせ、熱く呻いて息でふぐりをくすぐった。

真紀は根元まで含んで吸い付き、舌をからめて肉棒全体を清らかな唾液にまみれさせた。

伊助がズンズンと股間を突き上げると、彼女も顔を上下させ、濡れた口でスポスポと強烈な摩擦を開始してくれた。

「い、いきそう……」

伊助はあっという間に高まり、真紀が集中出来るよう舌を引っ込め、陰戸を見上げるだけにした。

そしてなおも真紀にしゃぶられながら昇り詰め、たちまち彼は二度目の大きな絶頂快感に全身を貫かれた。

「く……！」

呻きながら、ありったけの熱い精汁をドクドクと勢いよくほとばしらせ、義姉の喉の奥を直撃すると、

「ンンッ……！」

真紀も噴出を受け止めて呻き、そのまま最後まで吸い出してくれた。

満足しながら伊助が硬直を解き、グッタリと身を投げ出すと、真紀も吸引と舌の蠢きを止めた。

そして亀頭を含んだまま、口に溜まった精汁をコクンと飲み干してくれた。

口の中が締まり、伊助は駄目押しの快感に幹を震わせた。

ようやく真紀がチュパッと口を離し、なおも幹を握ってしごき、鈴口に脹らむ余りの雫まで丁寧に舐め取ってくれたのだった。

「あ、義姉上……、どうかもう、有難うございました……」

伊助が言い、過敏にヒクヒクと反応して降参すると、ようやく真紀も舌を引っ込め、大仕事でも終えたように太い息をついたのだった……。


――日が傾く頃、十右衛門が帰宅してきた。

もちろん伊助も真紀も、すでに夕餉と風呂の仕度を整え、何事もなかったように出迎えた。

まさか、この善良な家臣である十右衛門も、義理の姉弟で情交しているなど夢にも思っていないだろう。

やがて三人で順々に風呂を終え、日が暮れる頃に夕餉となった。

そのおり十右衛門は、姫と伊助の新居の話をしてくれた。

「香澄様から伺ったが、神田の藩邸と浜町の中屋敷、その間にある日本橋のどこかで良い場所を探しているようだ」

「そうですか」

「むろんすぐ建つわけではないから、年明けから暫し中屋敷に住まうと良いとのこと」

「承知致しました。有難うございます」

「ああ、礼なら香澄様に言うが良い。明けたら大殿も若殿も江戸へ出てこられるので、拝謁することになる」

言われて、伊助は緊張に身震いした。まさか自分が、大名に謁見する日が来ようとは思いもしなかったのだ。

「まあ、殿を欺くわけではないが、お前なら根っからの武家育ちと言っても通るだろう。いずれ役職が与えられれば、他の藩士との交流も生まれるだろうから、引き続き学んでおくように」

「はい」

「なるべく、お前の得意な学問が生かせるような役職も、香澄様がお考え下さっている」

十右衛門の言葉に、伊助は頭が下がった。

どんな書物でも、一度目を通せばつぶさに覚えられるという特技があるが、やはり興味の惹かれる分野もある。それはやはり貿易であったり、町造りなど人の役に立つことがしたかった。

それが、引いては藩のためになるだろう。

（いつのまにか、本当の武士になったようだ……）

伊助は自分の考えに苦笑し、今後に思いを馳せるのだった。

第六章　二人がかりの目眩く宵

一

「あ……、み、見事……！」

伊助の放った得物の物打ちが、美久の右小手にピシリと当たり、彼女は驚いたように言った。

川田家の庭で剣術の稽古をつけてもらっていたが、もう伊助は、美久の攻撃するときの動きを全て熟知していたのだ。

あとは攻撃の速さの問題であるが、それも彼女の動きを予想しながら繰り出し初めて一本取ることが出来たのである。

「これほど短い間に、私を打った者は他にないぞ。実に見所がある。これなら姫様の夫に相応しいだろう」

美久は、我が事のように喜んで言ってくれ、今日の稽古はこれで終えた。

今日は、真紀も菊乃も中屋敷に行っている。

そろそろ年も押し詰まり、小夜が月光寺を出て中屋敷に来るため、その準備で忙しいのだろう。

そして伊助と美久は井戸端で手を洗い、部屋に入った。

すると美久が、自分から手早く床を敷き延べてしまった。

もちろん伊助も、今日は二人きりなので最初からその気で、すっかり淫気も高まっていた。

もう二人とも心が通じ合っているように、黙々と脱ぎはじめた。

先に全裸になった伊助は布団(ふとん)に仰向けになり、すぐ美久も一糸まとわぬ姿になり、引き締まって汗ばんだ肌を晒した。

「どうされたい？」

「足を顔に……」

美久が訊き、伊助も激しく勃起させて答えた。

すると彼女も、彼の顔の横に立って片方の脚を浮かせ、そっと足裏を顔に押し当ててくれた。

やはり大きく逞しい美女は、下から見上げるのが最も艶めかしく興奮する。

伊助は硬い踵(かかと)と柔らかな土踏まずに舌を這わせ、太くしっかりした指の間に鼻を押しつけて嗅いだ。

今日もずいぶん動いたので、指の股は汗と脂にジットリ湿り、蒸れた匂いが濃く沁み付いていた。

嗅ぐたびに刺激が鼻腔から股間に伝わり、幹がヒクヒクと歓喜に震えた。

充分に足の匂いを貪(むさぼ)ってから爪先にしゃぶり付き、全ての指の間に舌を割り込ませて味わった。

「アア……」

美久が喘(あえ)ぎ、見上げると陰戸(ほと)が濡れ、内腿にまで淫水が糸を引いているのが見えた。

舐め尽くすと、彼女は自分から足を交代し、伊助はそちらも充分に味と匂いを堪能したのだった。

やがて美久が伊助の顔に跨がり、厠に入ったようにゆっくりしゃがみ込んできた。引き締まった脹(ふく)ら脛(はぎ)と内腿が、さらにムッチリと張り詰め、濡れた陰戸が鼻先に迫った。

陰唇が僅かに開き、ヌメヌメと雫を宿す膣口が息づき、大きなオサネも光沢を放って突き立っているのが覗けた。

伊助は下から彼女の腰を抱えて引き寄せ、柔らかな茂みに鼻を擦りつけ、隅々に籠もった汗とゆばりの匂いを嗅いだ。悩ましい刺激に、足の匂い以上に肉棒が小刻みに上下した。

舌を這わせると、トロリとした淡い酸味の蜜汁が動きを滑らかにさせ、彼は息づく膣口の襞からオサネまで舐め上げていった。

「ああッ……！」

美久もしゃがみ込みながら熱く喘ぎ、ヒクヒクと下腹を波打たせた。

オサネを吸い、軽く歯を立ててコリコリと刺激すると、さらに淫水の量が格段に増してきた。

そして彼は尻の真下に潜り込み、谷間で僅かに突き出た艶めかしい蕾に鼻を埋め込み、秘めやかな匂いを嗅いで鼻腔を満たした。

細かに震える襞を舐めて濡らし、ヌルッと潜り込ませると、

「く……！」

美久が呻き、キュッキュッときつく肛門で舌先を締め付けてきた。

充分に舌を蠢かせてから再び陰戸に戻り、溢れるヌメリをすすってオサネを吸い、また軽く歯で刺激した。

「ああ……、いい気持ち……」

美久がうっとりと喘ぎ、グイグイと彼の顔に股間を押しつけてきた。

やがて絶頂を迫らせたように美久が自分から股間を引き離し、彼の股間に移動していった。

そして伊助の両脚を浮かせ、尻の丸みにキュッと歯を食い込ませてきた。

「あうう……、美久様……」

強い力に呻き、彼は痛いようなくすぐったいような感覚に浮かせた脚をガクガクさせた。

そして徐々に谷間の中心に迫り、舌先がチロチロと肛門をくすぐり、ヌルッと潜り込んできた。

「アアッ……」

伊助は妖しい快感に喘ぎ、肛門で美女の舌を締め付けた。

美久が厭わず内部で舌を蠢かせると、一物がヒクヒクと震えた。ようやく脚が下ろされ、舌先がふぐりに這い回って睾丸が転がされた。

股間に熱い息が籠もり、伊助が身構えていると、舌先が幹の付け根から先端まで這い上がり、クチュクチュと鈴口を舐められた。

そのまま張りつめた亀頭もしゃぶられ、さらに喉の奥までスッポリ呑み込まれていくと、

「ああ……、気持ちいい……」

伊助は、生温かく濡れた美女の口腔に根元まで含まれて吸われ、舌に翻弄されながら喘いだ。

「ンン……」

美久も深々と頬張って熱く鼻を鳴らし、恥毛をくすぐりながら執拗に吸い、幹をモグモグと締め付けながら舌をからめた。

たちまち肉棒全体は美女の唾液に温かくまみれ、絶頂を迫らせていった。

やがて頃合いと見たか、美久もスポンと口を引き離して身を起こし、すぐにも跨がり茶臼（女上位）で交わってきた。

一物が、ヌルヌルッと肉襞の摩擦を受けながら一気に根元まで呑み込まれ、彼女は完全に股間を密着させて座り込み、グリグリと擦りつけながらきつく締め上げてきた。

「アア……、いい……」

美久が顔を仰け反らせて喘ぎ、何度か腰を上下させた。

伊助も熱く濡れた柔肉(やわにく)にキュッと締め付けられながら快感を噛み締め、小刻みに股間を突き上げた。

彼女が身を重ね、伊助の口に乳首を押し付けてきたので、彼もチュッと吸い付いて下で転がし、軽く前歯でコリコリと刺激した。

「あうう……、もっと強く……」

美久が膨らみを顔中に押し付けて呻き、生ぬるく甘ったるい汗の匂いを濃く漂わせた。

伊助は充分に愛撫してから、もう片方の乳首にも吸い付いて舐め回し、さらに腋の下にも鼻を埋め込んでいった。

腋毛はジットリと汗に湿り、甘ったるい匂いが鼻腔に沁み込んできた。

充分に美女の体臭で胸を満たすと、美久が上から唇を重ね、徐々に腰の動きを速めていった。

伊助も両手を回してしがみつきながらズンズンと股間を突き上げ、ネットリと舌をからませた。

美久の熱く湿り気ある息は、今日も花粉のような刺激を含んで悩ましく、長い舌も執拗に動いて生温かな唾液を注いでくれた。

伊助はうっとりと喉を潤し、律動を続けた。ピチャクチャと卑猥な摩擦音が響き、溢れた淫水が彼のふぐりから肛門の方にまで伝い流れ、布団までビショビショにさせた。

「アア……、いきそう……」

美久が唇を離して喘ぎ、股間をしゃくり上げるように動かした。

張り出した亀頭の傘が膣内の天井に当たり、そこが心地よいらしく執拗に擦りつけた。

伊助も我慢できずに昇り詰め、

「い、いく……！」

突き上がる快感とともに口走り、熱い大量の精汁を内部にほとばしらせてしまった。

「あ、熱い……、アアーッ……！」

美久も噴出を受け止めた途端に気を遣り、声を上ずらせながらガクンガクンと狂おしい痙攣を開始した。

膣内の収縮も高まり、伊助は溶けてしまいそうな快感の中、心ゆくまで出し尽くしたのだった。

すっかり満足しながら突き上げを弱めていくと、

「ああ……、気持ち良かった……」

美久も満足げに声を洩らし、肌の強ばりを解きながら動きを止め、グッタリと彼に体重を預けてきた。

膣内が何度もキュッと締まり、一物もピクンと内部で過敏に跳ね上がった。

「アア……、姫に渡したくなくなってきた……」

美久が荒い呼吸とともに囁き、もう一度唇を重ねて舌をからめた。

伊助も生温かな唾液をすすって舌を舐め回し、花粉臭の息を嗅ぎながら、うっとりと快感の余韻を嚙み締めたのだった。

二

「小夜様も無事、中屋敷に越してきました。明晩は、そなたも中屋敷に泊まりますように」

昼間、菊乃が来て伊助に言った。

どうやら、もう小夜の尼姿は見られないようだ。

「分かりました。では、今後お二人に接するため、また情交のご教授をして下さいませ」

伊助が、たちまち淫気を全開にして言うと、菊乃もほんのり頬を染め、ためらう素振りを見せたが、その気持ちは充分にあるようだった。伊助も、何人もの女を見て来て、その反応で分かるようになっていたのだ。

とにかく手早く床を敷き延べてしまった。

「こ、困ります。もう充分にお分かりでしょうに……」

「いえ、万一粗相があってはなりませんので、どうか」

伊助は言って帯を解き、さっさと着物と襦袢を脱ぎ、下帯まで脱ぎ去ってしまった。

もちろん一物は、期待と興奮でピンピンに突き立っていた。

「わ、分かりました。お待ちを……」

菊乃も彼の勃起を見ると抗いきれずに言い、やがて素直に帯を解きはじめてくれた。

待つうちに、みるみる白く滑らかな熟れ肌が露わになってゆき、生ぬるく甘ったるい匂いも部屋に立ち籠めはじめてきた。

やがて彼女が一糸まとわぬ姿になると、伊助は身を起こして場所を空けた。

菊乃が、胸を隠しながらモジモジと横たわると、彼はまず足の裏に顔を押し付けて舌を這わせはじめた。

「あう……、なぜそんなところを……」

菊乃が、驚いたようにビクッと熟れ肌を震わせて呻いた。

「姫様たちに、何を求められても応じられるように」

伊助は答えながら舐め回し、縮こまった指の股にも鼻を割り込ませ、ムレムレになった匂いを嗅いだ。

やはり女体の全てを嗅ぎたいのだが、最も好きな吐息の匂いを最後に取っておくため、一番遠いところから味わうのが彼のやり方になっていた。

指の股にヌルッと舌を挿し入れるたび、

「アアッ……！」

菊乃が激しく反応して喘ぎ、くすぐったそうに脚をくねらせた。

伊助は両足とも味と匂いが薄れるまで執拗に貪り、やがて脚の内側を舐め上げながら股を開かせ、両膝の間に顔を割り込ませていった。

白くムッチリとした内腿を舐め上げ、股間に迫っていくと熱気が顔中を包み込んできた。

ふっくらした丘に黒々と艶のある恥毛が茂り、割れ目からはみ出す陰唇は興奮に色づいて、すでにヌメヌメと潤いはじめていた。

「濡れてますよ、菊乃様」

「ああ……、見ないで……」

股間から言うと、菊乃は両手で顔を覆い、生娘(きむすめ)のように嫌々をした。

指で陰唇を広げると、花弁状に襞の入り組む膣口が妖しく息づき、光沢あるオサネも包皮を押し上げるようにツンと突き立っていた。

我慢できずに顔を埋め込み、柔らかな茂みに鼻を擦りつけると、汗とゆばりの匂いが悩ましく鼻腔を掻き回してきた。

「ああ、いい匂い」

「い、言わないで、恥ずかしい……」

嗅ぎながら言うと、菊乃はさらに声を震わせ、内腿でキュッと彼の両頬をきつく挟み付けてきた。

伊助は舌を這わせ、淡い酸味のヌメリが満ちた柔肉を舐め回し、膣口からオサネまでたどっていった。

「アアーッ……！」

突起に触れた途端菊乃が身を弓なりに反らせ、声を上げてヒクヒクと白い下腹を波打たせた。

やはり初回と違って二回目は、一度目にされたことへの期待も大きく、実に感じやすく高まりも速いようだった。

充分にオサネを舐めて吸い付き、溢れた蜜汁をすすってから、彼は菊乃の腰を浮かせて白く豊満な尻の谷間に鼻を押しつけていった。

桃色の蕾には、やはり秘めやかな匂いが悩ましく籠もり、伊助は鼻腔を刺激されながら舌を這わせた。

細かに震えるおちょぼ口の襞を舐めて濡らし、ヌルッと潜り込ませて粘膜を味わうと、

「あうう……、駄目……」

菊乃が呻き、キュッと肛門で舌先を締め付けてきた。伊助も内部で執拗に舌を蠢かせ、やがて舌を引き離した。

そして左手の人差し指を舐めて濡らし、唾液に濡れた蕾に浅く潜り込ませていった。

「く……、何を……」

菊乃が驚いて呻いたが、さらに彼は右手の二本の指を膣口に押し込み、さらにオサネに舌を這わせた。それぞれの穴で指を蠢かせ、内壁を小刻みに摩擦し、オサネを吸うと、

「アア……、いや、お願い、変になりそう……」

菊乃が声を上ずらせ、クネクネと艶めかしく腰をよじり、前後の穴で彼の指をきつく締め付けてきた。

伊助は、肛門の方は浅い部分で軽く出し入れさせるように動かし、膣内は中の側面や天井を二本の指の腹で圧迫するように擦り、さらにオサネを執拗に吸っては舌先で弾いた。

「駄目……、ああーッ……！」

たちまち菊乃がガクガクと狂おしく痙攣し、粗相したように大量の淫水をほとばしらせてきた。そして、最も感じる三カ所への刺激で、そのまま気を遣ってしまったようだった。

「も、もう堪忍……」

菊乃がか細く言うと、やがてグッタリと身を投げ出し、あとは失神したように愛撫にも反応しなくなってしまった。

伊助も舌を引っ込め、前後の穴からヌルッと指を引き抜くと、そのときだけ菊乃の熟れ肌がピクッと震えた。

肛門に入っていた指に汚れの付着はなく、爪にも曇りはなかったが微香が感じられた。

膣内の二本の指の間は膜が張るように淫水にまみれ、攪拌されて白っぽくなった粘液がほのかな湯気を立てて指全体にまつわりつき、指の腹は湯上がりのようにふやけてシワになっていた。

伊助は懐紙で指を拭い、放心している菊乃に添い寝していった。

そして左右の乳首を交互に含んで舌で転がし、顔中に膨らみを感じてから、さらに腋の下にも鼻を埋め込んだ。柔らかな腋毛の隅々には、甘ったるい濃厚な汗の匂いが生ぬるく籠もっていた。

伊助は美女の熟れた体臭で胸を満たし、やがて激しく勃起した一物を菊乃の肌に擦りつけた。

「アア……、私はどうしたのでしょう……」

徐々に我に返った菊乃が、かすれた声で言った。

「指と舌で気を遣ってしまったようです。ほら、こんなにビショビショに」

「まあ……！」

言われて、布団を湿らす淫水に彼女は驚いて身を起こした。

「どうか、今度は私に……」

仰向けになってせがむと、菊乃も身を起こしていられず、すぐにまた突っ伏して一物にしゃぶり付いてきた。

「ンン……」

喉の奥まで呑み込んで呻き、熱い息で恥毛をそよがせ、菊乃も夢中になって吸い付いた。

伊助も受け身に転じ、根元まで含まれながら美女の舌の感触と吸引に高まっていった。菊乃は貪るように亀頭を吸い、執拗に舌をからめて一物を生温かな唾液にまみれさせた。

「も、もう充分ですので……」

絶頂を迫らせた伊助が言うと、菊乃もスポンと口を引き離した。

上になってもらいたかったが、やはり力が入らないようで、菊乃はすぐにも横になってしまった。

入れ替わりに身を起こし、伊助は彼女を仰向けにさせ、股を開かせて股間を進めていった。唾液にまみれた幹に指を添え、先端を押し当ててゆっくりと挿入していくと、

「ああッ……！」

菊乃が夢から覚めたように身を強ばらせて喘ぎ、ヌルヌルッと滑らかに根元まで受け入れてくれた。

伊助も心地よい肉襞の摩擦を味わい、温もりに包まれながら股間を密着させ、すぐに身を重ねていった。

体重を預けると、胸の下で豊かな乳房が押し潰れて弾み、ほんのり汗ばんだ肌の前面が密着し、恥毛が擦れ合いコリコリする恥骨の膨らみも伝わってきた。

彼は菊乃の肩に腕を回してのしかかり、温もりと感触を味わってから、ズンズンと小刻みに腰を突き動かしはじめた。

「アア……、いい気持ち……」

菊乃も、下から両手を回して喘ぎ、合わせて股間を突き上げてきた。

伊助は次第に動きを速めながら、上からピッタリと唇を重ねていった。

「ンンッ……！」

菊乃も熱く鼻を鳴らし、侵入させた彼の舌にチュッと強く吸い付いてきた。

なおも律動を続けると、また新たな淫水が湧き出して動きが滑らかになり、湿った摩擦音も聞こえてきた。

「ああ……、い、いきそう……」

すっかり高まった菊乃が苦しげに口を離し、淫らに唾液の糸を引いて喘いだ。

やはり指と舌で気を遣るのと、一物を挿入される快感は別物らしい。

伊助も、翻弄して感じされることより、こうして一つになって快感を分かち合うことが最高だと思った。

喘ぐ口に鼻を押し込んで嗅ぐと、白粉のように甘い匂いが熱く籠もり、その刺激が甘美に胸に沁み込んでいった。

そして股間をぶつけるように突き動かしていると、

「き、気持ちいいッ、いく……、ああーッ……！」

たちまち彼女が切羽詰まったような声を上げ、そのままガクンガクンと狂おしく腰を跳ね上げて気を遣ってしまった。

続いて伊助も昇り詰め、大きな快感に全身を貫かれながら、ありったけの熱い精汁を勢いよく注入した。

「あうう……、すごい……」

噴出で駄目押しの快感を得た菊乃が呻き、精汁を飲み込むようにキュッキュッときつく締め付けてきた。

伊助も快感に酔いしれ、心置きなく最後の一滴まで出し尽くし、満足しながら動きを弱めていった。

「アア……、溶けてしまいそう……」

菊乃も満足げに声を洩らし、なおも名残惜しげに収縮を繰り返し、一物が過敏にヒクヒクと震えた。

そして伊助は熟れ肌にもたれかかり、熱く甘い息を嗅ぎながら、うっとりと快感の余韻を味わったのだった。

三

「本当に、私などでよろしいのでしょうか。まだ夢の中にいるようです」

伊助は、照姫と小夜を前に平伏しながら言った。

しかし、すでに三人とも寝巻姿である。考えてみれば姉妹と顔を合わせるのもずいぶん久しぶりの気がした。

「もちろん、そなた以外に考えられません」

照姫が言い、小夜も笑みを含んで頷いた。

今日は、伊助は家で身を清めてから、夕刻に中屋敷に来て、皆で夕餉をともにしたのだった。

そして寝るばかりとなって、寝所に招かれたのである。

他にいるのは菊乃と、警護の美久だけだが、呼ばぬ限り朝まで来ないことになっている。

すでに寝所には、二人分の甘い匂いが生ぬるく籠もっていた。

照姫は長い髪を下ろし、小夜も肩まで髪を垂らし、お揃いの白い寝巻を着ていた。髪の長さの他に変わるところはなく、小夜もすっかり尼僧から、一人の武家娘に戻った風情だった。

伊助は、期待と興奮に激しく勃起し、姉妹の淫気も最高潮になっているように頬が上気し、目が煌めいていた。

「では脱ぎましょう。もう言葉などなくても、三人は心が通じるはず」

照姫が言い、姉妹は帯を解いて寝巻を脱ぎはじめていった。

伊助も手早く全裸になると、二人に招かれて柔らかな布団の真ん中に仰向けにさせられた。

すると姉妹が伊助の左右から挟みつけて添い寝し、申し合わせたように彼の両の乳首に吸い付いてきた。

「ああッ……」

伊助は同時に吸い付かれ、思わず声を洩らした。やはり二人がかりだと、快感も倍加するようだった。

二人とも彼の肌を熱い息でくすぐりながら、チロチロと滑らかに左右の乳首を舐め回し、チュッと吸ってくれた。さすがに動きは全て一致しておらず、微妙な非対称な刺激がまた興奮をそそった。

「ど、どうか、噛んで下さいませ……」

思わず伊助はせがみ、くすぐったい感覚よりも、さらに強い刺激を求めた。

二人も白く綺麗な前歯でキュッと乳首を噛み、咀嚼（そしゃく）するようにモグモグと歯を立て、甘美な刺激を与えてくれた。

「アア……、気持ちいい……」

伊助はクネクネと身悶え、ヒクヒク震える一物の先端は、早くも粘液を滲ませていた。

姉妹は充分に彼の乳首を愛撫してから、さらに肌を下降し、舌と歯で刺激してくれた。そして交互に彼の臍を舐め、腰骨から下腹、一物を避けて太腿へと降りていった。

姫君の姉妹が脚を舐め降りるのは、大変に刺激的だった。

心の通じ合っている二人は足首まで舐め降り、同時に足裏へ回り込んで舌を這わせてきた。

「い、いけません。お二方とも、そのような……」

伊助は畏れ多い快感に喘いだが、二人はためらいなく彼の両の爪先にしゃぶり付き、順々に指の股にヌルッと舌を潜り込ませた。

「ああ……」

伊助は声を震わせ、唾液にまみれた指で照姫と小夜の滑らかな舌を挟んだ。

右足を照姫が、左足を小夜がしゃぶり、やがて味わい尽くすと二人は同時に足首を摑んで浮かせ、足裏に乳房を押し付けてきた。

「く……！」

何という快感であろう。高貴な姉妹の胸を踏みつけているような感覚に伊助は呻き、コリコリと足裏に触れる乳首に息を震わせた。

二人は彼の足裏を充分に乳房で愛撫してから脚を下ろし、屈み込んで脚の内側を舐め上げてきた。

大股開きにさせると、やがて内腿にも舌が這い、ときにキュッと歯が立てられて、そのたびに伊助はビクリと激しく反応し、美しい姉妹に食べられているような快感に包まれた。

そして二人は頬を寄せ合い、彼の股間に迫ってきた。

脚が浮かされ、尻の左右の丸みに姉妹の舌が這い、軽く噛まれ、さらに交互に肛門が舐められた。

「あうう……、ど、どうか、おやめ下さい……」

伊助は、また畏れ多い快感に呻き、順々に潜り込んでくる舌先を、それぞれキュッと肛門で締め付けて味わった。

二人は代わる代わる舌を挿し入れては蠢かせ、ようやく脚を下ろしながら同時にふぐりを舐め回してくれた。

混じり合った熱い息が股間に籠もり、それぞれの睾丸が舌に転がされ、優しく吸われた。二人の髪もサラサラと心地よく内腿や下腹部をくすぐり、伊助は急激に高まっていった。

やがて姉妹は充分に袋を唾液に濡らしてから、同時に一物の付け根から先端に向かって舐め上げてきた。

裏側と側面に舌が這い、二人は交互に鈴口を舐めて滲む粘液を味わい、張りつめた亀頭にもしゃぶり付いた。まるで姉妹が口吸いしている間に、肉棒が割り込んでいるようだ。

たちまち一物は、二人分の清らかな唾液にまみれ、いよいよ絶頂を迫らせて幹が震えた。

さらに二人は交互に肉棒を頬張り、根元まで含んで吸いながらチュパッと引き離すと、すぐにもう一人が同じようにしてきた。

「い、いけません……」

伊助は、もうどちらの口に含まれているか分からないほど舞い上がり、夢のような快感と、二人の口を汚してはいけないという気持ちに声を洩らした。

しかし姉妹は容赦なく、濃厚で強烈な愛撫を繰り返した。

「い、いく……、ああーッ……！」

とうとう我慢しきれずに伊助は声を上げ、大きな絶頂の快感に包まれながら昇り詰めてしまった。

同時に、ドクドクとありったけの熱い精汁が勢いよくほとばしり、ちょうど含んでいた小夜の喉の奥を直撃した。

「ンン……」

小夜が噴出を受け止めて呻き、すぐに口を離すと、すかさず照姫が含んで余りを吸い出してくれた。

もちろん小夜は口に飛び込んだ第一撃を飲み込み、照姫がしゃぶっている間は顔を割り込ませて再びふぐりを舐め回してきた。

「アア……」

伊助は快感に腰をよじり、最後の一滴まで吸い出されてグッタリと身を投げ出した。

ようやく照姫も亀頭を含んだままゴクリと精汁を飲み干し、ようやく口を離してくれた。そして二人で鈴口に脹らむ白濁の雫まで丁寧に舐め回し、全て綺麗にしてくれた。

伊助はヒクヒクと過敏に幹を震わせながら、二人の舌の刺激の中で、心地よい余韻に浸ったのだった……。

四

「さあ、今度は私たちにして……」

伊助が呼吸を整えると、照姫が言って、小夜と並んで仰向けになった。

背丈も全く同じで、髪の長さが違わなければ見分けが付かなかった。とにかく伊助は、髪の長い方から順に愛撫することにした。

もちろん伊助も、あっという間に回復していた。

何しろ姉妹を同時に相手にするという夢のような状況に、淫気の回復も倍の速さだった。

彼は姉妹の足の方から迫り、まずは照姫の足裏に舌を這わせ、指の股に鼻を押しつけて嗅いだ。

二人は、最後に三人で湯殿（ゆどの）を使いたいのか、まだ入浴前だった。あるいは伊助が、生の匂いを好むことを熟知しているのかも知れない。

それでも汗と脂の湿り気も、蒸れた匂いも淡いものだった。

伊助は全ての指の間を舐め、桜色の爪をしゃぶり、もう片方の足も貪り尽くしてから、小夜の足に迫った。

こちらも匂いは淡いが、何しろ二人分だから伊助も興奮を高め、足を味わっているうち完全にムクムクと回復し、たちまち元の硬さと大きさを取り戻してしまった。

二人の足裏と指の股を味わい尽くすと、彼は再び照姫に戻り、脚の内側を舐め上げて股間に顔を進めていった。

割れ目からはみ出す陰唇は、すでにヌラヌラと蜜汁を溢れさせて潤い、間からは可愛いオサネも顔を覗かせていた。

伊助が顔を埋め、舌を這わせると、

「アアッ……!」

照姫が内腿で彼の顔を締め付けて喘ぎ、舐めながら目を上げると、姉妹は互いの乳房を愛撫し合っていた。

やはり女同士とか姉妹とかいうよりも、二人で一人の、自分自身のようなものなのだろう。

柔らかな若草には、生ぬるく汗とゆばりの匂いが沁み付き、伊助は何度も吸い込んで胸を満たしながら、淡い酸味のヌメリをすすった。そして膣口の襞をクチュクチュ掻き回し、コリッとしたオサネまで舐め上げると、

「ああ……、気持ちいい……」

照姫がビクッと身を反らせて喘ぎ、さらに悩ましい匂いを揺らめかせた。

さらに脚を浮かせて白く丸い尻の谷間に鼻を埋め、ひんやりして心地よい双丘を顔中に受け止めながら、蕾に籠もった微香を嗅いだ。

今日も可憐で秘めやかな匂いが鼻腔をくすぐり、彼はチロチロと舐め回し、中にもヌルッと潜り込ませて粘膜を味わった。

「く……」

照姫が呻いて肛門を締め付け、乳房を探る小夜に手を重ねて動かした。

やがて前も後ろも存分に味わうと、伊助は隣の小夜の股間に移動した。

小夜のムッチリした内腿を舐め上げると、陰戸は照姫に負けないほど熱い淫水が溢れていた。

恥毛も実に生え具合が似ていて、鼻を擦りつけて嗅ぐと、甘ったるい汗の匂いとゆばりの刺激も同じように鼻腔を満たしてきた。

胸いっぱいに嗅いでから舌を這わせ、生ぬるい蜜汁をすすり、同じ形の陰唇やオサネを舐め回した。

「ああ……、もっと……」

小夜も、尼僧の暮らしから抜け、すっかり気持ちも解放されているのか、感じ方も激しかった。

伊助は充分に味と匂いを堪能してから脚を浮かせ、尻の谷間に鼻を埋め込んで嗅いだ。可愛らしい鼻腔を吸収して舌を這わせ、襞を濡らしてヌルッと潜り込ませた。

「あう……」

小夜も照姫の愛撫を乳房に受けながら呻き、彼の舌先をキュッと肛門で締め付けてきた。

伊助は粘膜を掻き回し、ようやく股間を離れ、そのまま小夜の臍を舐め、乳房に這い上がっていった。薄桃色の乳首を含んで舌で転がし、顔中を柔らかな膨らみに押し付けると、甘酸っぱい芳香が漂ってきた。

見ると照姫が、もう片方の乳首に吸い付き、熱い息を弾ませて舌を這わせているのだ。

小夜は、左右の乳首を二人に舐められ、クネクネと身悶えて甘い体臭を揺らめかせた。

さらに伊助は、小夜の腋の下に鼻を埋め、湿った和毛(にこげ)に籠もる汗の匂いを吸収してから、今度は照姫の胸に顔を寄せていった。

するとこちらも、小夜が片方に吸い付き、二人して照姫の乳首を舐め回すこちになった。

どちらも同じ匂いだが、それでも嗅がずにはいられず、伊助は照姫の腋の下にも鼻を埋め、甘ったるい汗の匂いで胸を満たした。

年が明けたら、四六時中この姉妹とともに暮らすのだから、いずれ味にも匂いにも感触にも飽きてしまう日が来てしまうのかも知れない。だから性急に貪らなくても良さそうなものだが、若い淫気は目の前の高貴な美少女姉妹に夢中になっていた。

「ねえ、入れたいわ。私からいい？」

照姫が、すっかり高まって言い、身を起こしてきた。

伊助も仰向けになると、小夜が一物にしゃぶり付き、唾液のヌメリを与えてくれた。

すぐに小夜が口を離すと、照姫がためらいなく一物に跨がり、先端を陰戸に受け入れて座り込んできた。

「アアッ……！」

ヌルヌルッと一気に根元まで受け入れると、照姫が顔を仰け反らせて喘ぎ、キュッときつく締め付けてきた。

伊助も、やがて正式な妻となる彼女の肉襞の摩擦に酔いしれ、熱く濡れた柔肉に包まれて快感を噛み締めた。

照姫は彼の胸に両手を突っ張り、上体を反らせたまま腰を遣いはじめた。この方が膣内の天井が擦れて心地よいのだろう。

「す、すぐいきそう……、アアーッ……！」

照姫も、小夜がいると興奮と快感が倍加しているように声を上ずらせ、あっという間に気を遣ってしまった。

大量の淫水が漏れ、彼女がガクガクと狂おしい痙攣を開始したが、伊助はさっき二人の口に出したばかりなので、辛うじて保つことが出来た。何しろ次が控えているのである。

「ああ……、いい気持ち……」

照姫は股間をしゃくり上げるように擦りつけて快感を味わい、やがて力尽きたように突っ伏してきた。

それでも荒い呼吸を繰り返しながら、照姫は股間を引き離し、小夜のためにゴロリと寝返りを打って場所を空けたのだった。

すると小夜もすかさず彼の股間に跨がり、照姫の淫水にまみれた一物に割れ目をあてがい、ゆっくり腰を沈み込ませてきた。

再び、肉棒はヌルヌルッと滑らかに根元まで納まり、小夜が座り込んで股間を密着させてきた。

「アア……、いい……」

小夜もうっとりと喘ぎながら、キュッキュッと味わうように締め付けてきた。

そして彼女はすぐに身を重ね、伊助も両手を回して抱き留めた。

彼がズンズンと股間を突き上げると、小夜も息を弾ませながら上からピッタリと唇を重ねてきた。

すると、まだ余韻に浸っている照姫が、横から割り込むように舌をからめてきたのである。

三人での口吸いに、伊助は激しく高まった。

姉妹の混じり合った甘酸っぱい息が生温かく彼の鼻腔を湿らせ、胸に沁み込んできた。そして二人の舌を舐め回すと、二人分の唾液がトロトロと口に流れ込んでくるのだ。

これほどの快感はまたとないだろう。

伊助は次第に激しく股間を突き上げて摩擦快感を味わい、それぞれの舌を舐め回し、かぐわしい息を嗅ぎながら昇り詰めてしまったのだった。

五

「い、いく……、ああッ……！」

伊助は絶頂の快感に全身を貫かれて喘ぎ、同時に熱い大量の精汁をドクドクと勢いよく小夜の内部にほとばしらせた。

「あ、熱いわ、いく……、アアーッ……！」

すると噴出を感じた小夜が声を上ずらせ、ガクンガクンと痙攣を起こして気を遣ってしまった。さらに、その快感が伝わったように、照姫もまたヒクヒクと肌を震わせ、横から密着しながら息を弾ませた。

　伊助は二人分の唾液と吐息を心ゆくまで味わい、最後の一滴まで小夜の内部に出し尽くしていった。

　やがて満足しながら突き上げを弱めていくと、

「ああ……、良かった……」

「ええ、とっても……」

　二人も満足げに言葉を交わし、小夜は力を抜いてもたれかかってきた。

　まだ膣内がキュッキュッと収縮を繰り返し、伊助自身はヒクヒクと過敏に反応した。

　そして彼は、姉妹の温もりを感じ、二人分の果実臭の息を嗅いで鼻腔を湿らせながら、うっとりと快感の余韻に浸り込んでいったのだった……。


　――湯殿で、三人は肌を寄せ合って身体を洗い流した。

　菊乃も美久も、淫らな気配に気づいていたとしても、一切顔を出すことはなかった。

　もっとも淫らと言ったところで、間もなく正式に夫婦になるのだから誰憚(はばか)ることはない。ただ姉妹同時に、というところが普通と違うのだった。

「ね、こうして下さいませ……」

伊助は簀の子に座り、照姫と小夜を両側に立たせて言った。そして左右の肩を跨がせ、顔に股間を向けさせたのだ。

「どうか、ゆばりを放って下さい……」

言うと、期待と興奮に一物がムクムクと雄々しく回復していった。

姉妹は上で顔を見合わせたようだが、拒むことはなく、すぐにも二人同時に下腹に力を入れ、尿意を高めはじめてくれた。

待つうち伊助は、左右の股間に交互に顔を埋めて舌を這わせた。

もう恥毛に籠もる体臭は薄れてしまったが、二人とも新たな淫水を漏らして舌の動きを滑らかにさせた。そしてどちらも柔肉を蠢かせ、次第に迫り出すように盛り上がった。

「アア……」

「出ちゃう……」

二人が頭上で声を洩らし、全く同時にポタポタと温かな雫が滴って彼の肌を濡らし、すぐにもチョロチョロとした流れになって注がれてきた。

出た方から味わおうと思ったが、同時なのでやはり照姫が先だ。

伊助は右肩に跨がっている照姫の流れを口に受けて喉を潤し、淡く上品な味と匂いを貪った。

もちろん出し切る前に、左肩にいる小夜の流れも口にして飲み込んだ。

味も匂いも全く同じで、それでも二人分と思うと胸が甘美な悦びでいっぱいになった。

片方を受け止めている間は、もう一人の流れが肌を濡らし、淡い香りを立ち昇らせて胸から腹に伝い流れ、勃起した一物を温かく浸してきた。

やがて二人は同時に流れを治め、プルンと可愛らしく内腿と下腹を震わせた。

伊助は、まだ滴る余りの雫をすすり、二人の割れ目内部を舐め回した。

「ああ……、いい気持ち……」

二人はそれぞれに喘ぎ、新たな蜜汁を湧き出させて残尿を洗い流し、淡い酸味のヌメリで彼の舌の動きを滑らかにさせた。

ようやく舌を引っ込めると、二人も股間を引き離し、もう一度三人で身体を洗い流した。

そして身体を拭き、全裸のまま寝所へと戻っていった。

「もうこんなに……」

「ええ、では今宵もう一度」

伊助を仰向けにさせ、姉妹が一物を覗き込んで囁き合った。

顔を寄せ合って張りつめた亀頭に舌を這わせると、股間に温かく二人分の息が籠もった。

「アア……」

伊助は快感に喘ぎ、可憐な姉妹の玩具にされながらヒクヒクと幹を震わせた。

このような行為が毎晩続いたら、どこまで身体が保つことだろう。姉妹同時だから、常に最低二回は射精することになる。

二人が孕まない限り、もう美久や菊乃、真紀との情交はお預けになってしまうかも知れない。

それでも二人もの可憐な妻がいるのだから、世の男から見れば贅沢なことであろう。

やがて二人にしゃぶられながら、一物は最大限に膨張していった。

「ね、今度は私の中で果てて」

照姫が言い、淫気が高まるまで戯れを続けた。

仰向けの伊助の左右からのしかかり、彼は二人の陰戸に指を這わせた。そして姉妹は一物とふぐりをいじりながら、また三人で舌をからめてきたのだ。

探ると、すっかり二人の柔肉が大量の蜜汁が溢れて指の動きを滑らかにさせていた。

小夜がニギニギと幹を包み込み、照姫の指先がふぐりをくすぐった。

伊助は二人の舌を同時に舐め、滑らかな感触と混じり合った唾液を味わい、二人分の甘酸っぱい息の匂いに陶然となった。

「ね、唾をもっと……」

囁くと、二人は競い合うように懸命に唾液を分泌させ、トロトロと彼の口に吐き出してくれた。

生温かく入り混じった小泡の多い粘液を味わい、飲み込むたびに胸の奥がうっとりと甘美な悦びに震えた。

「顔中にも……」

言うと二人は舌を這わせ、彼の鼻の穴から頬、瞼から耳の穴まで舐め回してくれた。

ピチャクチャとお行儀悪く立てる音も、彼の興奮を高めた。二人とも幼い頃から、音を立てずに食事するよう厳しく躾けられたはずだ。

それが大胆に貪り、たちまち彼の顔中は混じり合った唾液でヌルヌルにまみれて悩ましい匂いを漂わせた。

「い、いきそう……」

唾液と吐息の渦の中で伊助が言うと、二人も彼の股間から指を離した。

「いいわ、姉上が交接して。私は今宵はもう充分だから」

小夜が言うと、照姫がすぐに一物に跨がってきた。

どうせ心が通じ合っているのだから、また照姫が気を遣れば、その快感が伝わって小夜も果てることだろう。

照姫が彼の先端に割れ目を押し付け、ヌメリを与えるようにヌラヌラと擦りつけてから、やがて位置を定め、ゆっくりと膣口に受け入れて腰を沈み込ませていった。

たちまち屹立(きつりつ)した一物は、ヌルヌルッと肉襞の摩擦を受け、滑らかに根元まで呑み込まれていった。

「アアッ……、いい……」

照姫が完全に座り込み、股間を密着させて喘いだ。

すると小夜も貫かれたようにビクリと震え、横から肌を押し付けてきた。

伊助も熱く濡れた膣内にキュッと締め付けられ、股間に照姫の重みを受けりながら快感を嚙み締めた。

すぐにも照姫が身を重ね、柔らかな乳房を彼の胸に押し付けてきた。

伊助も両手を回し、真上の照姫と、左側から密着してくる小夜の両方にしがみついた。

そして再び姉妹が伊助に唇を重ねると、二人分の甘酸っぱい息が彼の顔中を心地よく湿らせた。

ズンズンと股間を突き上げはじめると、照姫も腰を遣って動きを合わせ、小夜まで身悶えながら熱い息を弾ませはじめた。

「嚙んで……」

伊助が言うと、姉妹は彼の唇や頰に、痕にならない程度の刺激でキュッキュッと綺麗な歯を立ててくれた。

その甘美な刺激に、たちまち伊助は高まってしまった。

「い、いく……！」

あっという間に絶頂の快感に包まれ、彼は熱い大量の精汁をドクドクと照姫の内部にほとばしらせた。

「気持ちいい……、アアーッ……！」

「すごいわ……、溶けてしまう……！」

姉妹は同時に気を遣って声を上ずらせ、その快楽まで伝わるように伊助は悶え続け、心置きなく出し尽くしていった。

(これから、どうなるんだろう……)

伊助は徐々に突き上げを弱め、余韻を味わいながら、今後のことを思うのだった……。

この作品は廣済堂文庫のために書下ろされました。

ぬめり蜜(みつ)
尼姫(あまひめ)お褥帖(しとねちょう)

2016年1月1日　第1版第1刷

著者
睦月影郎(むつきかげろう)

発行者
後藤高志

発行所
株式会社 廣済堂出版
〒104-0061 東京都中央区銀座3-7-6
電話◆03-6703-0964［編集］ 03-6703-0962［販売］ Fax◆03-6703-0963［販売］
振替00180-0-164137　http://www.kosaido-pub.co.jp

印刷所・製本所
株式会社 廣済堂

ISBN978-4-331-61654-3 C0193

香り蜜　さくや淫法帖

嫋（たお）やかにくねる肢体で褥（しとね）を淫らに濡らす咲耶と、一夜をともにした藩出入りの奉公人に、次々と艶福が訪れる。一方、江戸市中では商家の旦那衆を狙った辻斬りが横行、不穏な気配が漂う。

定価 本体600円＋税
ISBN978-4-331-61576-8

悶え螢　さくや淫法帖

思いもよらず情交してしまった咲耶の術によって淫気を高められた御家人の梶木雄五郎。咲耶の母君の鞘香をはじめ、美剣士、人妻など、そうそうたる美女たちと褥を供にしていくが……。

定価 本体602円＋税
ISBN978-4-331-61599-7

契り枕　さくや淫法帖

評判の役者絵や美人画を描いている一八歳の絵師、清四郎は小間物屋から依頼された春画の勉強がきっかけで、様々な美女と褥をかさね、ついに咲耶と夫婦になる。シリーズ完結編。

定価 本体620円＋税
ISBN978-4-331-61627-7

睦月影郎の「尼姫お褥帖」シリーズ

ふたつ巴　尼姫お褥帖

北関東にある皆川藩五万石の江戸藩邸で、輿入れを間近にした姫君・照の体調に異変が。原因を探るべく若き藩医・橋場十九郎は姫の双子の妹・小夜のいる尼寺へ。新シリーズ第一弾！

定価 本体620円＋税
ISBN978-4-331-61639-0

しのび悦　尼姫お褥帖

皆川藩の筑波山中で素破の技を磨き、奉公先を求めて江戸にでた末吉は破落戸侍に絡まれていた武家娘を救ったのが縁で、尼寺・月光寺に向かう。寺には妖艶な庵主と照姫の妹、小夜が……。

定価 本体620円＋税
ISBN978-4-331-61645-1

おんな獄　尼姫お褥帖

臈たけた色香を発散する正室の香澄、鍛え上げた肢体を歓喜に震わせる剣術指南役の美久、幼さを残しながらも悶える姫君の照……。皆川藩の若侍・新之介のめくるめく官能の日々を綴る。

定価 本体620円＋税
ISBN978-4-331-61649-9